KB147773

뿔 달린 낙타를 타고

성선경 시작詩作 에세이

뿔 달린 낙타를 타고

초판인쇄일 | 2012년 11월 15일
초판발행일 | 2012년 11월 30일

지은이 | 성선경
펴낸곳 | 도서출판 황금알
펴낸이 | 金永馥

주간 | 김영탁
디자인실장 | 조경숙
편집 | 칼라박스
인쇄제작 | 칼라박스
주 소 | 110-510 서울시 종로구 동숭동 201-14 청기와빌라2차 104호
물류센타(직송 · 반품) | 100-272 서울시 중구 필동2가 124-6 1F
전 화 | 02) 2275-9171
팩 스 | 02) 2275-9172
이메일 | tibet21@hanmail.net
홈페이지 | http://goldegg21.com
출판등록 | 2003년 03월 26일 (제300-2003-230호)

값 13,000원

ISBN 978-89-97318-28-5-03810

뿔 달린 낙타를 타고

성선경 시작詩作 에세이

황금알

월간 『곰절』에 연재했던 글들을 중심으로 책을 묶는다.

옛글을 빌어 말하자면

생각이 어리석으니 하는 일이 다 어리석다.

어디 뿔에라도 들이 받힌 듯 옆구리가 얼얼하다.

차 례

3부

1부

걷는 새

새에게 있어서 난다는 것은 생존과 밀접한 관계가 있다. 날아서 멀리 먹이를 구하기 위해 이동할 수도 있고, 위험을 피해 달아날 수도 있다. 그래서 새에게 난다는 것은 본질적인 것이며 새의 정체성이기도 하다. 그런데 날기를 포기함으로써 멸종한 새도 있다. 도도새가 그 예이다.

도도새는 인도양 모리티우스섬에서 살다가 멸종한 비둘기과의 새이다. 1507년 포루투갈 사람이 처음 발견한 것으로 18세기 초에 멸종한 것으로 학계에는 알려지고 있다. 멸종 당시 몸무게 25kg, 몸길이 75cm의 오동통한 새이다. 적도 부근의 따뜻한 기후와 풍요로운 환경 속에서 몸집을 키우며 살찌우며 날기를 포기한 새. 날기를 포기함으로써 날개가 퇴화하여 날개를 가진 길짐승이 되었던 새. 18세기 초에 멸종한 새. 조류도감에서만 존재하는 새.

내가 잊었다고 생각하는 것은/ 어쩜 내 안에 있기 때문이라고/ 숨겨 둔 말들이/ 거미줄을 타고 내려와 가끔 내 귓속을 간질이고/ 한 점 얼룩이던 기억들이 또 다른 얼룩을 낳아/ 이제는 한때의 새였다고 날아다니는 하늘도 만드네// 아니야 나는 식물성이야// 봄이 되어도 꽃잎을 피우지 못하는 화분들도 있다고/ 나는 내 안에서 양철지붕 때리는 소나기 소리를/ 듣지 않네// 바람이 자고 심심한 날에도/ 나는 한 입씩 하늘을 물어 새장에 가두며 늘 아프네// 세상은 잠시 괄호로 묶어 둔 새장이라고/ 자주 의심의 눈이 가고/ 늘 바람이 불었고/ 등불은 오래 가지 못하네// 때로는 기쁜 얼굴로 둥근 달이 떠도 나는 눈을 감은 그믐// 늘 푸른 하늘이 아픈 것은/ 잊지 못한 날개가 아픈 것이라고/ 한 점 얼룩이 날아와 또 다른 얼룩을 만들며/ 하늘 가득 새들을 날려 보내도// 나는 묵묵 걷네.

―「걷는 새」

새에게서나 사람에게서나 본질을 지킨다는 것은 매우 중요한 일이다. 본질을 잃어버린 것은 결코 자신을 지킬 수 없게 한다. 나를 잃어버리고 나면 무엇이 남나? 나를 잃고 무엇을 찾을 수 있나? 세상의 모든 것들이 나로 말미암은 것이니 나를 찾는 것이 무엇보다 중요할 터이다. 천지가 모두 나로 말미암은 것이요, 천지의 인연도 모두 나로 말미암은 것이 아닌가?

그런데 요즘 나는 우리 사회가 저 도도새의 비극을 따르는 것 같은 느낌을 지울 수 없다. 새장 속에 갇힌 새는 하늘을 모른다. 아니, 하늘을 잊어버린다. 새가 날기를 포기한 것은 새가 새이기를 포기한 것이다. 우리는 모두 걷는 새이다. 이미 날개를 잃어버리고 하늘을 잊어버렸다. 너와 나 할 것 없이 모두 묵묵 걷는다. 우리는 이미 새가 아니다.

새는 하늘을 버리고 어디로 갔는가? 하늘을 나는 새들이 있기는 하는가? 하늘이 있다고 믿는 새들이 있기는 하는가? 걷는다고 다 길짐승이 되는 것은 아닐 텐데 우리는 지금 걷는다. 하늘과 날개를 잊어버리고 풍요로운 먹이와 따뜻한 햇살을 받으며 묵묵 걷는다. 나와 너 우리는 지금 어디로 가는가?

우리도 이미 도도새의 전철을 밟고 있는 것이 아닌가 생각된다. 날기를 포기하고 안온한 기후와 풍족한 먹이에 살을 찌우며 퇴화되는 날개를 잊어버리고 오늘도 묵묵 걷는 것이 아닌지 모르겠다. 내일이면 어찌 되겠지. 아마 잘될 거야. 스스로를 위안하면서. 오, 저기 가는 저 도도새. 저기 가는 저 걷는 새. 오늘도 묵묵 걷네.

까마귀와 망각

까마귀는 민가 주변이나 산간 지방에서 흔히 볼 수 있는 새이다. 이 새는 신의 의지를 전달하는 신령스러운 능력과 죽음이나 질병을 암시하는 불길함의 상징이라는 양면성을 가지고 우리들의 정서에 자리하고 있다. 까마귀는 도시와 농촌에서 흔히 볼 수 있는 몸길이 50㎝ 정도의 새로서 온몸이 자청색을 띤 흑색이다. 암컷은 수컷과 모양은 같으나 조금 작다. 까마귀과에는 전세계에 약 100종이 알려져 있으나 우리나라에는 8종이 있으며, 까마귀속 4종 중에 갈가마귀와 떼까마귀는 겨울새이고, 큰부리까마귀와 까마귀는 텃새이다.

제주도에 전승되는 서사무가 「차사본풀이」를 보면, 인간의 수명을 적은 적패지赤牌旨를 까마귀에게 시켜 인간 세계에 전달하도록 하였는데, 마을에 이르러 이것을 잃어버리고 까마귀 마음대로 떠들었기 때문에 어른과 아이, 부모와 자식의 죽는 순서가 뒤바뀌었으며, 이때부터 까마귀 울음소리는 죽음의 불길한 징조로 받아들여졌다고 한다. 그래서인지 까마귀가 울면 그 동네에 초상이 난다고 믿고 있으며, 까마귀 울음소리는 불길한 조짐으로 알려져 있다. 전염병이 돌 때 까마귀가 울면 병이 널리 퍼진다고 하며, 길 떠날 때 까마귀가 울면 재수가 없다고 한다.

이러한 관념에서 불길한 징조를 나타내는 속담으로 '돌림병에 까마귀 울음', '식전 마수에 까마귀 우는 소리' 등이 생겼다. 이러한 예들은 고대의 까마귀에 대한 인식이 변화하여 불길한 새로 받아들여졌음을 보여 준다.

> 장난과 눈과 눈덩이를 나는 잊네/ 내가 던진 돌들에 대해 나는 잊네/ 내가 던진 돌들이 가 닿은 곳에 대하여 잊네/ 개구리와 웅덩이와 마음에 대하여 나는 잊네// 동백이 떨어진 것을 잊고/ 동백이 떨어진 자리를 잊고/ 동백이 떨어져/ 이월이 가고 삼월이 간 그늘을 잊네// 그늘 속에서 아직 겨울을 보내지 못한 까마귀들이/ 보리밭에 모여 보리들의 싹을 틔우며 기다리던 시간을 잊고/ 다가올 봄날에 대한 이야기들을 나는 잊네/ 내가 던졌던 눈덩이처럼 녹은 헛된 마음들/ 나는 까맣게 까마귀처럼 잊네// 내가 언제 허튼 마음을 던졌느냐고/ 다시 눈덩이를 뭉쳐들고/ 내가 던진 마음의 시간을 나는 잊네/ 던지지 못한 눈덩이들이 쌓여 있는 벌판을 잊네// 내가 잊었던 마음의 시간들 이제 문득 되돌아와/ 누구를 향해 던졌던가/ 나의 허튼 마음들을 만나네/ 내던지거나 채 던지지 못한/ 사랑의 복숭아씨 같은.

> — 「까마귀가 쌓이다」

그러나 우리에게 가장 익숙한 속담은 "까마귀 고기를 먹었다."라는 말이다. 까마귀 고기를 먹었다는 말은 무엇인가를 망각했다는 말이다. 우리에게 망각은 두려운 것으로 생각되기도 하지만 생각해 보면 우리에게 망각은 얼마나 큰 축복인가? 그리스 신화에서는 망각의 강을 '레테'라 한다. 저 망각의 강을 건너 이승의 일을 잊고 저승으로 건너가며, 저승의 일을 잊고 새로운 생명으로 태어난다고 한다.

망각은 새로운 생명을 받는 것처럼 우리에게 새로운 날을 맞이하게 한다. 저 망각이 없다면 우리는 얼마나 불행할 것인가? 내가 너에게, 네가 나에게 던진 저 많은 눈덩이 같은 말들과 눈빛과 마음들을 우리는 잊어야 한다. 내게 하루는 저 망각의 강을 건너는 일이며, 내게 한 해는 더 큰 망각의 강을 건너는 일이다. 오! 망각이여, 축복 있어라.

단풍

입추와 처서가 한참 지났다. 이제는 낙엽 활엽수들이 모두 단풍 들겠다. 단풍은 기후가 변함에 따라 잎 색깔이 초록색에서 붉은색, 또는 갈색이나 노란색으로 바뀌는 현상이다. 가을철 잎이 떨어지기 전에 초록색 엽록소가 파괴되어 엽록소에 의해 가려져 있던 색소들이 나타나는 현상이다. 우리나라의 단풍은 아름답기로 알려져 있는데, 강원도 설악산의 단풍과 전라북도 내장산의 단풍이 특히 유명하다.

단풍은 하루 평균 기온이 15도일 때부터 나타나며, 하루에 약 25km씩 남쪽으로 내려오고, 산에서는 약 40m씩 산 아래로 내려온단다. 단풍은 그 아름답기가 꽃보다 더하여 가을이면 단풍놀이가 연례 행사처럼 치러진다. 산을 좋아하는 등산객이야 말할 것도 없고 갑남을녀들도 모두 한 번쯤은 산을 다녀온다.

단풍은 활엽수들이 스스로 물관과 체관을 막고 광합성을 멈춤으로써 일어나는 현상이다. 식물 스스로 자정 활동을 하는 것이다. 이런 현상은 비단 식물에만 있는 것이 아니고 모든 생물에게서도 이런 자정의 활동이 일어난다. 자람을 멈추는 것도 이런 현상의 하나요, 인간에게 폐경기나 갱년기 증상이 일어나는 것도 비슷한 일이라 생각한다.

　나는 지금, 내 나이가 24절기로 친다면 처서쯤이 아니겠는가 생각한다. 소란스럽게 내뻗치던 팔들도 이제는 하나씩 하나씩 거두어들이고, 자주 밖으로 향하던 발길도 이제는 스스로 자중해야 할 때가 된 듯 싶다. 마음도 안으로 갈무리를 하여 침묵을 익히고 안분해야 할 때인 것 같다.

　　내 마음에도 가을이 왔습니다. 상강霜降에 첫서리를 맞은 주홍 감같이 빨갛게 물이 들었습니다. 청향清香은 잔에 지고 낙홍落紅은 옷에 진다는 시구詩句처럼 단풍나무 그루터기에도 단풍이 들었습니다. 이미 잘려지고 쪼개져서 불쏘시개가 되었을 가지들조차 이제 단풍이 들었습니다. 내게서 이미 떠나간 생각들 나뭇잎같이 뿔뿔이 헤어진 인연들까지 단풍이 들었습니다. 헤어지기 이전의 그 이전의 인연因緣들로 물이 들었습니다. 나도 단풍나무 그루터기에 앉아서 빨갛게 물이 들었습니다. 이미 떨어져나간 손목 아주 끝장내 버린 가지까지 빨갛게 웁니다.// 그때는 철이 없었노라고/ 아주 아무것도 몰랐노라고/ 아니, 아주 조금은 알았더래도/ 그때는 너무 부끄러웠었다고/ 그 부끄러움이/ 이제 이렇게 물들었다고// 이미 내 마음에 가을이 왔습니다.

　　　　　　　　　　　　　　　　　　－「마음에 단풍 들다」

젊었을 때는 꿈을 먹고 살고, 나이가 들었을 때는 추억을 먹고 산다고 그랬는데, 지나온 시간들이 자꾸 눈에 밟히고, 후회스럽고 부끄러운 것은 이미 단풍이 든 것이다. 이제 스스로 고치를 지으며 스스로를 유폐시킬 때가 온 것일까?

바람 부는 대로 물결치는 대로 가는 삶이 그립고, 자주 고향으로 돌아가는 향교 고개가 꿈속에 뵌다. 날마다 새 아침이고 날마다 새날이라 그랬는데 아직은 혼몽 중이고 오리무중五里霧中이다. 나는 어떤 색의 단풍이 들 것인가? 참 아름답기나 할 것인가? 가을이 오니 더욱 마음이 스산하다. 나도 한 나뭇잎, 낙엽일진대 무슨 생각이 이리 많고 무슨 근심이 이리 많을까?

마음의 나머지

사람이든 집이든 비워야만 무엇을 채워 넣을 수 있는가 보다. 지난 봄날 벚꽃이 만개를 한 날, 우리는 그동안 작은 방의 한 벽을 차지하고 있던 이층 침대를 버렸다. 우리 아이 둘을 잘 키워 준 침대였다. 이 침대를 넣고 기뻐하던 일이 엊그제 같은데 벌써 세월이 십 년을 훌쩍 지났다.

우리 부부는 아이들 물건에 대해서는 끔찍한 편이라 노트 한 권, 연필 한 자루도 함부로 하지 않는 성격이다. 그런데 하물며 침대를 말하면 무엇하랴. 몇 번의 망설임 끝에 결단을 내리고 벚꽃이 화사하게 지는 날 침대를 내놓았다. 큰애에 이어 막내가 서울로 유학을 떠난 지 2년 만의 일이다.

우리는 침대를 치우고 새로 생긴 벽 하나를 두고 신이 났다. 나는 나대로의 생각이 있었고 아내는 아내대로 무슨 궁량이 있는 듯했다. 그래서 아내의 의견을 먼저 물었다. 아내는 결혼 20여 년 만에 자신의 서랍장 하나를 들이는 것이고, 나는 내 책장 하나를 들이는 것이다. 그렇게 결정하고 나니 아내는 아내대로 행복해 했고 , 나는 나대로 기쁨이 한량없었다.

　나는 좁은 집에 사는 탓에 물건을 하나 들여 놓을라치면 먼저 무엇을 버릴 것인가를 생각해야 한다. 내게 오는 많은 책들도 들었다 놓았다를 수십 번 하고서야 몇 권의 책들을 묶어 밖으로 내보낸다. 번번이 이렇게 해도 한 달이 지나면 다시 이 짓을 해야 하고 번번이 들었다 놓았다를 반복한다. 책을 버리는 일은 무슨 죄 짓는 일 같아서 후다닥 하고 싶지 않다. 그런데 하물며 내 작품이 실린 책은 어떠랴?

　　나는 한 사람의 생애보다 그의 글 한 줄에 졌다// 녹우당을 휘둘러 나오며 그 꽉 짜인 고택의 지붕보다 그 앞의 은행나무에 졌다. 그 은행나무의 나이보다 떨어진 은행들에 그 은행알 앞의 팻말에 졌다. 삼개옥문 적선지가三開獄門 積善之家라니? 우두두두 떨어지는 빗방울소리 갑자기 녹우당 기왓장들이 열병하는 군사같이 늠름하다.// 마음이여/ 휙 하고 지나간 마음이여/ 먹물도 묻히지 않고 지나간 화선지에/ 더 큰 자취를 만드는 마음이여// 나는 한 사람의 생애보다 그의 글 한 줄에 졌다. 고택을 나와 스무 남은 걸음 뒤에 닿은 담담한 연화지보담 빙긋이 꽃을 피운 연꽃보담 그 연잎에 맺힌 물방울에 그 물방울에 맺힌 구름 한 점에 나는 졌다.

　　　　　　　　　　　　　　　　　　　　　— 「여적餘滴」

　비운다는 것은 마음의 나머지이다. 아이들에 대한 애틋한 마음이야 이루 말할 수 없지만 그 이층 침대를 비우고 나니 아내는 결혼 20여 년 만에 자신만의 서랍장이 생겨 좋고, 나는 내 책을 정리할 책장이 생겨서 좋다.

다 나의 무능함 탓이나 아내는 늘 집이 좁은 것을 원망하지 않고 내게 벽 하나만 필요하다고 했다. 그 소원의 벽이 생긴 것이다. 아내나 나에게 이보다 감사한 일이 없다. 우리는 이렇게 벽 하나를 올봄에 얻어 서랍장과 책장 하나씩을 사들이고 마냥 행복해져서 친구가 선물로 그려 준 새우 그림을 표구해 책장 위에 걸었다.

나도 아침이면 그 방에 들어 그림 한 번 보고 나오고, 아내도 그림 한 번 보고 나온다. 여기가 무슨 성지나 되는 듯 아침, 저녁으로 문안 인사를 드리듯 그런다. 다음에 우리 애들이 내려오면 뭐라고 설명할까? 아! 마음이여, 마음이여.

목욕탕 가는 남자

아들과 함께 목욕탕에 다녀왔다. 나에게 목욕탕은 성소聖所이다. 옛 삼한의 소도蘇塗와 같이 신성神聖한 곳이다. 불혹을 넘긴 남자들에게는 모두 비슷하겠지만 특히 나에게는 더 그렇다. 위어른들로부터는 장손으로서 전래의 가부장적인 가족관을 배우고 익혔으나, 아래로부터는 핵가족의 양성 평등을 넘어 여성 상위의 해방론으로 공격받으며 곤혹해하다 오로지 나로서의 자신을 찾는 곳이 목욕탕이다. 남자라는 이유로 마음 놓고 울 수조차 없어 주눅이 든 어깨를 펴고 한 사내로 넉넉한 곳이 여기 외에 또 있는가? 사우나를 핑계로 땀을 흘리거나 자유로이 눈물을 흘릴 수 있는 곳. 그래서 목욕탕은 나에게 성소聖所이다.

나는 이 성소에 아들과 동행하길 좋아한다. 아직은 어리지만 저도 언젠가는 이 아비에 이어 장손으로서의 삶을 살며 나와 같은 고민으로 주눅이 들지 않을까? 걱정도 하며 아들과 함께하는 목욕탕행을 나는 특히 좋아한다. 사우나에서 함께 땀 흘리는 시간도, 한 마리 물고기가 되어 같이 첨벙거리는 냉탕도, 그래서 더 풍요롭고 행복하다. 하루하루 아비의 등을 미는 손아귀의 힘이 듬직해지는 것을 느끼는 맛도 좋고, 점점 넓어지는 아들의 등짝을 바라보는 눈길도 적금을 탄 날같이 풍요로워서 좋다.

> 아들과 나 그리고/ 저 깊이 모를 저녁/ 늦은 시간과 동행하는 기도처/ 한 번의 지옥 또 한 번의 극락/ 모래시계를 뒤집어가며 땀 흘리다/ 풍덩 방생으로 놓여나는 한 마리 물고기같이/ 온갖 그림에서 풀려나 여백이 되는 저녁// 나도 이제는 놓여나면/ 저기 한 폭 그림 속 풍월주인/ 밭 가는 소와 쟁기의 그림 같은 안빈낙도/ 아들과 나, 그리고/저 깊이 모를 저녁/ 냉탕의 때아닌 잉어가 되어/ 삼여도를 그리는 저녁/ 나는 다시 그림 속의 의미가 되는 한 마리 물고기.
>
> ─「삼여도三餘圖를 그리다」

삼여도는 물고기 세 마리의 그림으로 세 가지 경우의 여가를 뜻한다. 즉 공부하기에 가장 좋은 때를 말한다. 『삼국지三國志』 위서魏書 왕숙전王肅傳의 주註에 보이는 것처럼 한 해의 여가인 겨울과 하루의 여가인 밤, 그리고 시時의 여가인 비 오는 때 등이 이에 해당된다고 한다.

삼여는 세 가지의 나머지이다. 나머지는 그림으로 치면 여백의 의미일 것이다. 하루하루 삶의 쳇바퀴에 정신없이 살다 이렇게 아들과 함께 목욕탕에 들어 나는 아들의 등을 밀고 아들은 또 나의 등을 밀며, 온탕과 냉탕을 번갈아 가며 몸과 마음의 때를 벗겨 내는 시간은 분명 삶의 넉넉한 여백이겠다.

아들과 아버지는 친해야 한다고 삼강오륜에서 말하지만 친함은 말로 하는 것이 아니라 이렇게 서로의 마음을 몸으로 부딪쳐 마음과 마음으로 전하는 것이겠다.

나는 우리 아이들과 어려서부터 목욕탕에 자주 다녔다. 아무리 바쁜 일들이 있어도 일주일에 한 번은 꼭 목욕탕에 데리고 갔다. 이 일만은 누구에게도 양보하고 싶지 않은 나의 가장 중요하고 기꺼운 여백이었으니까.

아마 나이가 더 들면 아들도 나와 같이, 제 아이들의 손을 잡고 목욕탕에 다녀오겠지. 목욕탕이야말로 우리들에게는 진정한 성소임을 스스로 알게 되겠지.

보리 한 톨

늘 지워지지 않는 상처가 연연한 그리움을 만든다.

이미 돌이킬 수 없는 것들이 가슴에 남아 문득 고요한 호수에 파문을 일으키고 물결무늬를 만드는 저 질기고 연연한 유정有情. 내가 '고향' 하고 가만히 입술을 오므려 보면 언제나 눈앞에 푸른 보리밭이 넘실거린다. 고전읽기 보충 수업을 마치고 돌아오던 오학년 때의 기억도, 월사금을 못 내 수업 중간에 쫓겨오던 중학생 시절에도, 혼자 늦어 서산 노을과 동반하여 돌아오는 고등학생의 길에도, 내 기억 속에서는 늘 푸른 보리밭이 넘실거린다. 저 보리깜부기 같은 세월의 추억.

아마 중학교 때였을 것이다. 그때의 동급생들은 모두 그러하였듯이 얇은 알루미늄 도시락에 보리쌀 반, 쌀 반, 혼식의 곽밥을 싸다니던 때였다. 도시락 뚜껑을 열면 퍼런 알루미늄 녹이 도시락밥 위에 달무리처럼 무늬를 그려 놓곤 하던 시절이었다. 선생님들께서 혼식과 분식을 해야 한다고 칠판을 탕탕 치면서 강조를 하던 제3공화국 시절, 나는 늘 이 분야에서는 모범생이었다. 나는 농사꾼의 아들이었지만 쌀밥을 먹을 만큼 풍요롭진 못했고, 보리밥일망정 도시락을 싸다닐 만큼은 풍요로웠다.

보리밥과 보리밭. 나는 보리라는 말을 좋아한다. 보리문둥이라는 말을 좋아하고 보리방구라는 단어를 좋아한다. 내가 한국인인 것을 자랑스럽게 생각하는 만큼, 내가 자란 경상도의 풍물과 습속을 사랑한다. 이것은 시세말로 유행하는 지역 감정이 아니라 애향심의 일종이다. 보리밥 도시락을 먹고 보리방구를 풍풍 뀌면서 꼬부랑 논둑길을 걸으면, 사람과 들과 어우러져 하나의 경물로 잘 그린 풍경화가 되던 보리밭길. 하교 무렵이면 김치의 짠내나는 도시락통이 꼬부랑 꼬부랑 논둑길을 걸을 때마다 딸그락 딸그락 발을 맞추던 보리밭길.

그 풍경 속의 이야기일 것이다. 하루는 어머니께 도시락 반찬 투정을 하였다. 왜 보리밥이 아니고 반찬 투정이었는지 지금도 모르겠다. 늘 같은 반찬에 싫증이 났는지, 아니면 늘 같은 반찬을 싸 온다고 놀리는 친구들의 조롱. 그때 우리들은 빙 둘러앉아 도시락을 먹었다. 그래서 입에 맞는 반찬을 싸 온 친구는 인기가 좋았다. 왜 그랬는지 모르겠다. 보리밥도, 늘 같은 반찬인 속음열무김치 아니면 마늘종다리장아찌도 한결같은 일상이었는데 말이다. 갑자기 멸치볶음이 먹고 싶고, 오징어무침이 먹고 싶었는지 모르겠다. 나는 다만 보다 참신한 도시락 반찬을 요구했을 뿐이었다. 어머님은 아무 말씀도 없으셨고 나도 크게 기대한 것이 아니어서 곧 잊어버리고 지나갔다. 그런데 그 며칠 후, 도시락 뚜껑을 여는 순간 나는 크게 당황하고 말았다. 거기에는 잘 구워진 갈치 한 토막이 비린내를 풍기며 보리밥 위에 딱 버티고 있는 것이 아닌가? 지금의 나라면, 지금만큼 철이 있었더라면 — 물론 반찬 투정도 하지 않았겠지만 — 얼마나 감사하며 보란 듯이 뽐내며 먹었을 것인가? 하나하나 가시를 골라 내며 입맛을 다시며 먹었을 것을. 그때는 이 색다른 반찬에 너무 놀라 얼굴을 붉히며, 가시를 고를 생각도 못하고 한 입에 털어 넣고 우걱우걱 씹으며 '어머니, 다시는 반찬 투정을 하지 않겠습니다. 다시는 반찬 투정을 하지 않겠습니다.' 맹세를 하며 울었다. 그때 목에 걸리던 그 가시에게 맹세하며 울었다. 긴 보리밭길을 걸어오며 내내 울었다. 그 시퍼런 보리밭.

> 그래/ 경상도 토박이다가/ 깊이 깊이 뿌리 내려서 누대에 걸친 가난이다가/ 보리꽃 피는 왕산들에서는 고봉밥 한 그릇 다 비우고/ 질경이 명아주 강아지풀 해거름 밟아 오는 보리방구이다가/ 세에노야 세에노야 행랑채 머슴방에선 장기판의 졸이다가/ 팥죽이다가, 낮게 낮게 흘러서 또 어디로 떠날 봇물이다가/ 이 땅의 척박한 어디선가 살아 썩어져/ 이 한 몸 썩어져 시퍼렇게 눈을 뜰/ 보리 한 톨.
>
> — 「보리 한 톨」

그때 우리 가족은 대식구였다. 할아버지, 할머니, 고모 두 분, 아버지와 어머니, 그리고 우리 육남매. 이 많은 가족들의 눈을 피해, 오로지 할아버지 상에만 오르던 그 귀한 갈치토막 — 연로한 할아버지를 위해 간자반은 늘 도가지장독 속에 있었으나, 그것은 아버지 상에도 올리지 못하고 오로지 할아버지

상에만 올려졌다. ─ 을 철부지 장남의 반찬투정에 몰래 구워 내며 어머니는 얼마나 가슴 조였을 것이며, 얼마나 가슴 아파 하셨을까? 나는 울었고 다시는 반찬 투정을 하지 않았다.

　그 시퍼런 보리밭. 나는 지금도 반찬 투정은 하지 않는다. 이런 얘기를 지금 내 아들에게 들려 준다면 호랑이 담배 먹던 시절의 전설傳說쯤으로 이해할 것이다. 그러나 나는 늘 그 시퍼런 보리밭을 보며 시를 쓴다. 보리까시래기, 보리수염 같은 그 갈치 가시를 느끼며 글을 쓴다. 나는 지금도 반찬 투정을 하지 않는다. 저 지워지지 않는 상처. 얼마나 연연하고 그리운가? 그 보리밭. 그 보리밭길.

서학사棲鶴寺 가는 길

　세상의 모든 풍경은 기억이다. 풍경에서 우리가 읽어내는 것은 상처와 추억의 기억이다. 숲과 산길을 걸으며 내가 읽어 내는 것은 나무와 돌의 형상이 아니라 넝마처럼 낡고 닳은 상처와 추억이다. 이미 학이 살지 않는 서학사의 숲길을 오르며 내가 읽어 내는 풍경도 학에 대한 추억追憶과 학을 잃어버린 절름발이의 상처이다.

　불혹. 하나의 미혹함도 없는 나이라 공자님은 불혹이라 칭하셨는데, 나는 흔들리고 미혹함에 빠져서 흔들리고 무너졌다. 한 번 무너진 삶은 낡은 청바지같이 가로로 세로로 쭉쭉 찢어졌으며 오래된 성곽처럼 무너져 내렸다. 나의 불혹은 미혹함의 극치였다. 나는 무너졌고 고장난 기관차처럼 멈췄다.

　나는 지난 오륙 년, 이 산길을 오르며 마음을 다스리고 몸을 다스렸다. 회한과 분노를, 희망과 용서를 뿌렸다 거두어들이며 학을 찾아 오르곤 했다. 어느 시인은 불혹을 부록이라 명명했다. 나는 그의 시를 읽으며 아아, 이제 내 삶도 부록일 수 있겠구나 생각했다. 부록의 삶. 이미 내가 살아야 했던 삶의 한 판은 끝나고 이제 남은 것은 부록일 수 있었다. 나는 어느새 부록이 되어 있었다. 김해에 사는 박병출 시인은 불혹을 물혹이라 정의했다. 없어야 될 것이 생겨나 물컹거리고 거북스럽게 달려서 마음을 쓰이게 하는 나이. 나는 다시 혹부리 영감처럼 도깨비라도 찾아나서야 할 처지에 놓였다. 사십여 년을 살아오며 내가 원해서, 또는 원하지 않아도 갖게 된 수만 가지의 물혹들이 주렁주렁 매달려서 이제는 어느 곳에서도 나는 보이지 않고 물혹들만 보였다. 나는 이제 커다란 물혹 덩어리이다.

원래 없는 것들도/ 없어 서운한 것은/ 손 닿는 것만이 아니라고// 한 고비 마음을 따라 오르는 산길/ 저기 옹이가 많은 남기 마음에 걸리고/ 발을 자주 거는 돌멩이에 마음이 쓰이고/ 산은 저긴데 생각은 허공/ 길은 가는데 마음은 따라 주지 않아 괴롭다고/ 생각이 없는 마음을 풀어 놓으면// 문득/ 하늘을 채웠다가 비워 내는 구름과 달/ 산을 채웠다 비워 내는 풀과 꽃// 원래 없었던 것들도 돌아와 빈자리를 채우고/ 원래 채워진 것들도 비워져 빈자리를 만드는/ 없던 마음과 비워진 생각들이/ 잊고 지내 온 서운한 것들을 만나러 가는 길// 서학사에는 학이 살지 않는데/ 학이 운다.

— 「서학사 가는 길」

풍경이 시각에 의한 외면의 언어라면 상처와 추억은 내밀한 내면의 언어이다. 외면의 언어와 내면의 언어. 겉과 속이 서학사를 오르며 나누었던 수많은 질문과 대답이 지금 다시 솔바람처럼 살랑거린다. 나는 왜 태어났으며 나는 지금 어디로 가고 있는가? 내 나이가 지금 불혹이든 물혹이든 부록이든. 내가 있어야 할 자리는 지금 어디인가?

나는 수도사를 지나 산길을 올라 서학사를 거쳐 관해정으로 내려오는 코스를 좋아한다. 이 코스는 오르는 산길이 어머니 품처럼 아늑해서 좋고, 풍향계에 올라서 보는 마산의 풍경과 바다가 아름다워서 좋다. 여기서 보는 마산의 풍경은 성형 미인 뺨치게 아름답다. 상처도 때로는 아름다운 무늬를 그릴 수 있다는 생각을 하게 된다.

마산의 바다와 돝섬. 너무 잠잠하다 싶은 마산의 바다를 볼 때마다 나는 그림 같다거나 호수 같다거나 하는 아름다운 생각보다는 고여서 이제는 침잠하는 낡은 우물을 생각하게 된다. 오! 숨을 멈춘 바다. 이제는 호흡이 끊어져 산소 호흡기에 몸을 의지해야 하는 바다. 그러나 나는 돝섬을 볼 때는 다르다. 한 마리의 돼지를 연상하기보다는 한 마리의 고래를 연상하게 된다. 아, 저기 망망대해로 헤엄쳐 나갈 한 마리의 큰 고래. 숨을 멈춘 바다와 망망대해로 나갈 고래. 서로 어울리지 않는 이 부조화를 나는 마산이라 생각한다. 그래서 서학사에는 학이 살지 않는 것일까?

나의 불혹도 이제 끝나 간다. 아마 공자님께서 불혹이라 명명했을 때 가장 미혹함이 많은 나이라 그렇게 불렀는지도 모른다는 생각을 한다. 해야 할 일은 태산 같은데 아무것도 이룬 것 없는 나이만 계속 쌓인다. 부끄러운 일이다. 나는 서둘러 하산을 준비한다. 이제 내려가면 다시 산길을 오르듯 살아야겠다. 천명을 아는 것을 성이라 하고 솔성率性하는 것을 도라 했는데, 천명天命은커녕 나는 아는 것이 너무 없다. 관해정 앞 은행나무가 보고 싶다.

소라게거나 게고둥이거나

나는 태어나면서부터 장남으로 장손으로 이미 정해졌다. 운명적으로, 관습적으로 나는 우리 집안의 한 상징이 되었다. 지금 이 시대에 장남이고, 장손이고 그런 게 어디 있느냐고 입술을 삐죽이는 아내도 우리 집안의 장손부이다.

나와 섣부른 연애 끝에 결혼을 하는 순간 제2의 자신의 인생 위치가 정해졌다. 내가 장손으로서 사랑채에서 할아버지 손님 접객 시중을 드는 명절의 풍습에 어느 정도 익숙하게 된 후에도 내 아들이 다시 장손으로서의 삶을 살아야 한다는 데는 한사코 반대이다. 요즘 세상에 그런 것이 다 무어냐? 참 쓸데없는 소리다, 하며 쌍수를 들고 반대이다. 권위와 권리는 잃어버리고 책임과 의무만 남은 장손이라는 자리는 소라도 아니고 게도 아닌 게고둥이거나 소라게이다.

그러나 이런 이야기도 베갯머리에서나 하는 소리지 입밖으로 내놓고 입을 떼지는 못한다. 아비도 마찬가지이다. 지금 이 시대에 가장으로서의 아버지를 말한다는 것은 속생각과 입밖으로 내놓고 하는 이야기는 정말 다르다. 아비는 아버지의 낮춤말이다. 그래서 그런지 아비라는 말에는 홀로 울고 돌아서서 손등으로 눈물을 쓱 훔치는 외로움과 눅눅함이 묻어 있다. 아비라는 말에도 이제 그 권위와 아우라는 사라져 버리고, 책임과 의무만 남아 겉으로 보기에는 소라처럼 보이나 이미 속은 게가 들어앉은 소라게 신세이다.

어느 날 우리 학생들에게 아버지에게 용돈을 받는 사람은, 하고 손을 들게 했더니 백 명 중에 여섯 명이다. 아마 그 여섯 명의 학생도 다른 이유로 아버지에게 용돈을 받을 것이라 생각된다. 모든 광고들이 주부를 향해 있다. 상품의 구매 결정은 남성이 아니라 여성에게 있음을 반증하는 것이라 생각된다. 이런 사실들이 오늘날 아버지의 위치를 대변하는 것은 아닌지?

> 게딱지 하나면 밥 한 공기 뚝딱이라는/ 간장게장을 먹으며/ 게딱지를 확 뒤집으니/ 그 속에 여린 살 가득하다/ 아하, 겉으로 그렇게 강한 척 내보이던 것이/ 저 여린 속살을 감추려 그랬구나 생각하며/ 밥 한 술을 척 얹어 비비는데// 내가 살림을 잘 못살아서/ 너희들이 이렇게 고생한다며/ 아버지 울고 계신다// 딱- 하고 정월의 부럼을 깨물듯/ 제 속을 확 열어 보이고 싶을 때/ 터지는 저 딱딱한 껍데기 속의 여린 살들// 아, 짜다.
> ―「게딱지」

내가 지방 사립대로 진학을 결정하자 아버지는 사우디아라비아 노무자로 자청을 하고 외국행을 감행하셨다. 이런저런 다른 이유들도 좀 있었겠지만 가장 큰 이유는 나의 진학이었다. 나는 아버지의 칠 년 사우디아라비아행 덕분에 사립 대학을 졸업할 수 있었다. 아버지, 감사합니다. 나는 아버지에게 감사하다는 말씀을 나이 사십이 되어서야 할 수 있었다. 아버지, 감사합니다.

아버지도 나와 다를 바 없이 가난한 농부의 아들로 태어나 오 남매의 맏이가 되어 한평생을 힘들게 버팀을 하셨다. 작은 체구에 병약한 몸으로 그 지나온 생애는 보지 않아도 구절양장이었으리라.

초등학교 오학년에 다니다 6·25전쟁을 만나 피난을 떠났고, 그것이 아버지 생애의 학력 전부이다. 이렇게 저렇게 발버둥을 쳤겠지만, 세상이라는 게 누구에게나 그렇겠지만 발버둥을 칠수록 더 깊이 빠지게 되는 수렁이 아니던가? 아비라는 이유 하나로 육남매의 뒷감당을 위해 몸부림을 쳤지만 결과는 벼멸구가 지나간 벼논처럼 늘 소득은 허전하셨을 게다.

나도 이제 두 아이의 아비가 되어 세상의 수렁에 발을 딛고 있다. 한 발을 빼면 다시 한 발이 빠지고, 또 한 발을 빼고 나면 다시 한 발이 빠지는 수렁에서 장손의 굴레를 쓰고 허둥대고 있다.

그러나 나는 첫아들을 얻은 그날을 잊지 못한다. 세상에 나를 닮은 내 아이를 가지다니. 못난 내가 아버지가 되다니. 나는 한 달 내내 기쁨과 좋은 아버지가 될 수 있을까 하는 걱정으로 술을 마셨다. 기쁨만큼 걱정도 커서 속이 내내 울렁거렸던 것 같다. 어떤 때는 꼭 껴안고 싶었고, 어떤 때는 달아나고도 싶었다. 이제 이십여 년 몸에 익을 만도 한데 아직도 나는 가출을 감행하지 못한 길동이처럼 가지 못한 길을 그리워하면서 소처럼 꾸벅꾸벅 주어진 길로 걸어가고 있다.

이 땅에는 두 부류의 남성이 존재한다. 과감하게 가출을 감행한 길동이와 가출을 감행하지 못한 길동이가 있다. 우리는 가출을 감행하지 못한 길동이들을 묶어 아비라고 부른다. 가출을 감행한 길동이들이 율도국을 찾았을 때 가출을 감행하지 못한 길동이들이 "아버지를 아버지라 부르지 못하고 형을 형이라 부르지 못하면서" 아비라는 존재로 남아 있다.

아직도 우리 사회에서는 어머니가 경제 활동을 하고 아버지가 가사를 돌보는 가정을 이상한 눈으로 본다. 남녀 평등, 페미니즘, 여성 해방 등 온갖 말들이 성행하면서도 아직은 아버지는 경제 활동을 하고, 어머니는 가사를 돌보는 것을 전제로 하고 있다. 이상한 일이다. 평등은 시각의 평등부터일 텐데.

나는 내 아들에게 장손의 무거운 짐을 지우고 싶은 마음이 없다. 그러나 아마 아들도 이 짐을 지고 살아갈 게다. 무늬로만 남은 권위를 지키려고 발버둥을 치게 될 게다. 아비의 부재는 권위와 아우라가 사라진 사회이다. 아버지는 우리에게 권위가 무엇인지를 가르쳐 주는 스승이며 길라잡이인데 이제는 이것이 사라져 버렸다. 내가 자라면서 들었던 가장 무서운 어머니의 꾸지람은 아버지에게 이른다라는 말이었다. 다음 세대의 우리 아이들에게도 이 말이 가능할까?

아마 아버지의 권위가 사라지기 시작한 것은 어머니의 날이 어버이의 날로 바뀌는 순간이 아닐까 한다. 아버지는 늘 가장

으로서 공경의 대상이 되니 어머니의 날을 만들어 일 년에 하루만이라도 어머니를 위하자는 그날이, 아버지도 이젠 불쌍한 존재가 되었으니 어버이의 날로 하자고 그랬는지도 모를 일이다. 좌우간에 그 후로 아버지는 가출을 감행하지 못한 슬픈 길동이가 되었다. 우리들의 슬픈 길동이.

나는 김소진의 「자전거 도둑」에서 "죽어도 아버지만은 되지 말자."라는 구절을 읽으며 가슴이 울컥했던 기억이 난다. "죽어도 아버지만은 되지 말자."라는 구절을 서너 번 연거푸 되풀이해 읽었다. 그래, 아비는 슬픈 존재이다. 어쩌면 아들이 이 세상에서 가장 되고 싶지 않은 것이 아비일지도 모른다.

이미 권위가 사라진 아비는 속살이 다 파먹히고 껍질로만 남은 사내이다. 소라게이거나 게고둥이다. 속살은 다 녹아 없어지고 껍데기만 남은 고둥, 혹은 소라. 저 무늬로만 남은 사내를 우리는 아비라고 부른다. 아, 아버지. 아버지라는 말에는 속으로만 흐르는 눈물이 보인다. 아, 짜다.

아버지의 아우라

아버지가 그리운 시절이다. 가정의 모든 법이었으며, 세상의 모든 위협으로부터 방패가 되었던 권위의 아버지가 그립다. 우리가 어릴 때에는 모든 것이 아버지의 권위에 의해서 이루어졌다. 아이들이 말을 듣지 않거나 떼를 쓸 때 아버지께 이른다 한마디면 모든 것이 정리되었다. 이렇게 굳건하던 아버지의 권위가 이제는 사라지고 있다. 아버지의 아우라가 사라지고 있다. 우리는 변해야 하지만 잃지 않아야 할 것까지 너무 쉽게 잃어가고 있는 게 아닌가 하는 아쉬움이 든다.

몇 년 전 도서출판 도요에서 『아비』라는 총서를 낸 적이 있다. 이 시대에 아버지는 무엇이며 우리에게 아버지는 어떤 존재인가를 탐구해 보는 자리였다. 그런데 그 책자에 실린 글들의 다수는 우리가 잃어서는 안 될 것까지 잃고 있는 것이 아닌가 하는 자성이 많았다. 가족을 위하여 아비라는 이름은 추워도 떨지 않아야 하며, 두려워도 무서워하지 않아야 했던 아버지의 외로운 투쟁을 너무 쉽게 지워 버린 것이 아닌가? 반성하는 기회가 되었다. 남녀 평등도 좋고 여권 신장도 좋다. 그러나 아버지를 잃어버린다는 게 너무나 아쉽다. 아버지라는 아우라를 잃어버린 후 우리들의 삶은 길을 잃었다. 신이 없는 사회의 길 잃음과 같이.

> 한 마리의 늑대를 기다리네 나는/ 때로는 서림이처럼 헤헤거리며 약아빠진/ 때로는 꺽정이처럼 훌훌훌 날아다니는/ 산적山賊 같은 몹쓸 늑대를 기다리네// 몇 마리의 양羊을 위하여/ 초원을 버리고/ 울타리를 세우고/ 스스로를 감금한 양치기가/ 저기, 늑대가 나타났어요/ 저기, 늑대가 나타났어요/ 세상을 향하여 고함을 지르듯// 나는 한 마리의 늑대를 기다리네/ 때로는 달빛 아래 혼자 울 줄도 알고/ 때로는 씨암탉을 노리며 밤새워 귀 세우는/ 바위산이나 떡갈나무숲 한 마리 늑대를 기다리네// 때때로 외로운 건 저 산山인지 모른다는 생각이 들 때. 세상의 울타리 밖에서 귀 기울이고 서서 누군가 출세간出世間, 흔한 낙서같이 노래를 부를 때. 누에가 고치 밖으로 혹은, 꽃들이 씨방 속으로 금과 벽壁을 넘어 제 속에 뜬 별을 찾아 길을 나설 때.
>
> ─「그리운 늑대」

늑대는 개과에 속하는 동물. 말승냥이라고도 한다. 한자어로는 이리, 승냥이와 함께 시랑豺狼으로 통칭되었다. 몸길이는 110~120㎝, 다리가 길고 굵다. 꼬리를 항상 밑으로 늘어뜨리고 있는데 꼬리를 위로 향하지 않는 것이 개와 다른 점이다.

일부일처제로 보통은 가족 단위로 생활하지만, 겨울에는 여러 가족이 모여 큰 떼를 형성하기도 한다. 주로 수컷이 무리를 통솔하며 야행성이지만 낮에도 활동한다. 우리나라의 늑대는 만주산 늑대와 비슷하지만 전체적으로 털의 길이가 약간 짧다. 지금도 삼척, 문경 지방에서 서식하고 있는데 충청북도 음성군 수안보에도 서식하고 있는 것으로 추정된다.

우리 민족에게 있어서 늑대는 흉폭하고 잔인한 맹수이면서도 어리석은 면을 가지고 있는 짐승으로 인식되었다. 늑대가 나타나기 때문에 사람이 혼자 넘지 못한다는 늑대고개가 있었던 반면에, 늑대, 토끼, 거북이가 먹을 것을 놓고 높은 곳에 오르기와 나이 등을 견주었는데 거북에게 번번이 졌다는 민담이 전해 내려오기도 한다. 그래서 음흉하면서도 어리숙한 남성에 비유되기도 하는데, 이것은 여우가 약삭빠르고 꾀 많은 여자에 비유되는 것과 대비된다고 할 수 있다.

유폐幽閉

　추사 김정희의 「세한도」는 오랜 유배의 결과물이다. 처음에는 원망怨望과 복수심으로 펄펄 끓기도 했을 터이고, 누군가 자신을 구해 줄 것이라는 희망의 끈을 붙들고 기다림과 적막감에 고통스러워했을 것이다. 그 기다림과 절망의 끈을 놓아 버렸을 때, 다시 마음의 평정平靜을 찾았을 것이다.

　삐딱한 집 한 채. 굽은 가지의 노송 한 그루와 푸른 소나무 한 그루, 그리고 집 한 쪽에 쭉쭉 솟은 두 그루의 잣나무. 불편한 자세로 앉은 오두막과 그 외에는 모든 것이 하얀 눈. 그의 그림의 모티프가 되었을 한 구절 "세한연후지송백지후조歲寒然後知松柏知後彫(겨울이 되어서야 소나무나 잣나무가 시들지 않는다는 사실을 알듯, 사람도 어려운 지경을 만나야 진정한 친구를 알 수 있다)"는 마음이 지금도 선연히 다가온다.

　제자인 이상적에게 아직도 남은 온정에 대해 고맙다. 참 고맙다는 마음을 담아 그려 준 이 그림에는 고립의 시간을 통해 내부를 비워 버린 무욕의 세계가 그대로 보인다고 할 것이다. 냉

담한 인심과 세상에 대한 절망을 넘어 마음의 평정_{平正}에 이른 추사의 마음자리라 할 것이다.

유배는 타의에 의해 자신을 유폐시키는 일이다. 그러나 이러한 유폐를 통해 자신을 돌아보고 세상을 둘러볼 마음의 자리가 생긴다. 많은 훌륭한 인물들이 이러한 유폐를 통해 뛰어난 저작물들을 생산했다.

다산_{茶山} 정약용 선생의 훌륭한 저작물들도 이러한 유폐의 과정에서 나왔다. 만약 정약용 선생에게 그 긴 시간 동안의 유배 생활이 없었더라면 그 방대하고 뛰어난 저작물들이 어떻게 세상에 나왔을까? 어쩌면 자신을 유폐시키는 시간은 누에가 고치 속에 들어가 나방이 되는 우화_{羽化}의 과정인지도 모른다.

> 이만하면 족할걸/ 소나무 두어 그루쯤 듬직이 세워 놓고/ 그 아래 서너 평 방 칸이나 마련하여/ 또 한겨울 나면 되지// 나는 길고 긴 새끼를 꼬고/ 아내는 아이에게 젖을 물리며/ 두런두런 지나간 이야기를 나눈다면/ 아이는 어느새 잠이 들 테고/ 꿈같이 또 눈이 내리겠지// 아침이면 지나갈 길손들을 위하여/ 마을 어귀까지 눈을 쓸면서/ 돌 몇덩이 성황당 아래 던져 올리면/ 마음 둘 곳 없는 사람/ 치성탑도 안 될 텐가// 기다리는 이 없어도 안부가 그리운 대한 근처// 뚝뚝 설한송 부러지는 소리 들으며/ 사람 사는 일이라는 게야/ 하늘이 멀다고 그리 만만한 게 아니다/ 알면 되지.
>
> – 「꿈꾸는 세한도」

사람은 간혹 살면서 스스로 외로워져 보고 스스로를 유폐시켜 볼 일이다. 가끔 세상과 떨어져 자신을 돌아보고 세상을 관조할 일이다. 나는 간혹 나 스스로를 유폐시키는 꿈을 꾼다. 나의 여러 가지 꿈 중의 하나이다. 고치 속의 누에처럼 스스로를 가두고 가만히 침묵하며 세상과 한 걸음 물러나와 하늘의 별자리나 조용히 감상하는 일, 얼마나 고즈넉하고 얼마나 깊어지는 일일까?

이런 꿈들을 꾸는 것이 어찌 나 혼자만의 생각일까? 모르긴 몰라도 내가 아는 사람의 절반쯤은 이런 생각을 하며 살 것이다. 아마 그 이상일지도 모르겠다. 이 일은 내가 나로 돌아가는 일이요, 내가 나를 찾는 일이니 어찌 그렇지 않겠는가?

청산에 살어리랏다

사는 일이 왠지 팍팍하다는 느낌을 많이 받는다. 내가 삶을 이끄는 것이 아니라 삶이 나를 어디론지 끌어가고 있다는 느낌이다. 가야 할 곳이 저기 빤히 보이는데 내 걸음은 어수선하고 발자국은 어지럽다.

지난 우수 무렵, 이병주 문학관에 다녀왔다. 이병주 문학관에는 유홍준 시인이 있다. 절후節侯는 우수雨水인데 함박눈이 펑펑 내렸다. 모닥불을 피워 놓고 눈발을 맞으며 유 시인이 말했다. 형, 이 눈이 끝나면 언제 우리 탐매探梅를 하려 갈까요? 나는 그러자고 했다.

유 시인은 산청 삼매三梅는 그만두고 야매野梅나 보러갑시다, 하고 말했다. 야매라. 나는 자꾸 야매라는 말에 웃음이 났다. 야매라? 일본어로 야매는 속임수를 의미하는데, 우리 어릴 때에는 암거래의 뜻으로 많이 사용했는데. 그런데 야매라! 야매를 보러 가자는데 자꾸 웃음이 났다. 그래, 야매든 산청 삼매든 보러가자.

봄은 암행어사 출두같이 그렇게 온다고/ 밤새 판소리 춘향가를 몇 판이나 듣다가// 이제 겨우 시詩 한 편 탈고했다고/ 쭉 기지개를 켜는 저 가지 끝/ 새벽닭 울음소리에/ 별 하나 화들짝 놀라 잠을 깬다// 쿡 쿡 쿡 눈 위에 찍힌 호랑이 발자국.

– 「매화를 그리다」

이병주 문학관에는 아무도 오지 않았고 우리는 뒷방에 들어가 차를 마셨다. 녹차로 시작하여 쑥차로 끝을 냈다. 탐매를 하러 가야 할 텐데, 정말 그럴 시간이 날지 모르겠다. 지난 연말에 유 시인과 나는 이 해가 가기 전에 소주 한잔 하자고 입을 맞추었으나 결국은 해를 넘기고 녹차 한 잔으로 그 땜질을 하고 있다. 다 먹고 살자고 하는 짓인데 뭐하는 짓거리인지 모르겠다. 매화철에는 매화를 보고 진달래철에는 진달래를 보아야 하는데, 그 한 가지도 제대로 못한다면 사람 사는 일이 뭔가 싶기도 하다. 탐매 약속은 지킬 수 있을지 모르겠다.

돌아오는 길에 사천 곤양의 다솔사에 들렀다. 다솔사 용마루도 눈꽃으로 환했다. 눈은 계속 내리고 꽃눈을 단 나뭇가지들이 눈꽃으로 환했다. 대웅전에 와불을 배알하고 절을 한 바퀴 휘 둘러보았다. 오고가는 일들이 다 눈 위에 찍힌 발자국같이 뒤돌아보면 다시 눈에 묻히고, 걸어간 자국마저 눈에 덮이고, 가져간 마음마저 눈 속에 묻히고, 세상은 봄눈으로 마냥 환하다.

사람이 사는 일이란 자기의 꽃자리를 찾는 일이다. 나의 꽃자리는 어디일까? 나는 꽃자리를 찾기는 찾았는가? 나의 꽃자리를 알기나 하는가? 입춘도 우수도 지난 봄날에 하늘 꽃눈이 하늘하늘하다. 나는 발자국도 놓치고, 마음자리도 놓치고 그냥 허둥지둥 앞만 보고 간다.

꽃들로 환한 청산이 저긴데, 길은 환히 보이는데, 내 발자국은 어수선하고 걸음은 어지럽다. 청산은 저긴데 나는 어디로 가고 있는가? 걸음아, 너는 나를 어디로 데려가잔 말고? 삶아, 너는 나를 어디로 데려가잔 말고? 봄꽃이 지기 전에 탐매를 하러 가야 할 텐데. 꼭 탐매를 하러 가야 할 텐데.

파적破寂

　나는 늘 이 우주의 본질이 무엇인가 하는 의문을 자주 한다.
내가 살고 있는 이 도시의 크기만 하더라도 정신이 없는데, 우
리가 살고 있는 지구를 생각하면 더욱 정신이 없다. 태양계를
생각하면 아무 생각이 없는데 우주라면…… 갑자기 생각이 고
요해진다.

　세상의 모든 색깔들을 모두 혼합하면 검은색이 된다던가? 나
는 이 우주의 소리와 활동들을 모두 모아 합치면 그것은 고요가
아닐까 생각한다. 많은 사람과 자동차로 붐비는 맨해튼 거리,
카메라를 몇 시간 노출시켜 촬영한다면 차도 사람도 다 사라지
고 정적만이 남는다는 말을 들었다. 그러니 모든 활동의 근본
은 고요가 아니겠는가? 우주의 크기도 고요이고 우주의 활동도
고요함이요, 우주의 생각도 고요함일지니, 우리가 산다는 것은
고요에 기대는 것 아니겠는가? 이런 생각이다.

　고요야말로 우리가 아는 세계의 모든 것이 아니겠는가? 나의
상상想像은 여기까지이고, 내 생각의 미침은 여기까지이다. 그

래서 나는 우리 모두가 고요에서 왔다가 고요로 돌아가는 것이라 생각한다. 고요에서 왔다가 고요로 돌아가는 것이 인생이요, 삶이라 생각한다.

고요와 소란스러움은 뫼비우스의 띠처럼 서로 얽혀 있어 가장 고요한 것이 가장 소란스러움이요, 가장 소란스러울 때가 가장 고요에 가까이 닿는 것이라 생각한다. 우리의 하루는 고요에서 깨어나면서 시작하고, 끝남은 소란스러움이 극한에 닿았을 때 마감된다.

가장 고요한 순간은 이미 소란스러움의 싹이 돋는 시간이요, 가장 소란스러운 때가 고요의 싹이 돋는 시간일 것이다. 시작도 고요에서, 끝남도 고요에서 이루어지는 것이다.

그래서 고요는 소란스러움의 싹을 키우는 텃밭이요, 소란스러움을 받아들이는 집인 것이다. 나의 존재는 이 고요 속에서 누웠다가 일어났다가 다시 눕는 것이다.

내가 이 세상에 살아간다는 것은 이 고요 속에 소란스러움을 일으키는 일이요, 이 소란스러움에 몸을 맡기는 일이다라고 생각한다. 내 생각의 일어남도 고요를 깨는 일이요, 내 생각의 스러짐도 고요를 깨는 일이다.

나는 이제 막 돌아왔다//아주 고요하여 고요가 물동이처럼 가득 고여서 여름의 한낮처럼 가라앉아 너무 가라앉아 푹 퍼질러 앉은 구름 속에서 그래, 비를 발견하고 문득 빗속에서 구름을 보는 아주 잘 정돈된 풍경 속에서 무엇인가 적막한 하오의 교실 유리창을 깨뜨리고 싶은 내 속에서 슬그머니 나타난 고양이 한 마리같이 풍경을 흔드는 마음 병아리를 물고 달아나는 고양이같이 혼비백산하는 병아리같이 당황하는 암탉같이 병아리를 빼앗기지 않으려는 늙은이와 같이 흔드는 저것// …… // 물수제비를 뜨듯 새 한 마리 고요의 자락을 스치고 지나간다/ 겨울이라 모두 입들이 무거워진 것들 아무 말 없는 것들이/ 저 빈 것들에게서 채워져 꽉 찬 고요 꽉 찬 포만감/ 숨이 멎을 듯 답답한 풍선 펑 터지며// 나는 이제 막 돌아왔다.

―「파적破寂」

나는 이십여 년 시를 써 왔다. 시를 쓴다는 것은 새로운 틀을 만드는 일이요, 이 틀 속에 생각을 가두는 일이다. 파적破寂이다. 그러나 나는 늘 이 틀을 새롭게 만들고, 만든 틀을 부수며 이십여 년을 보냈다. 이 모두가 고요를 부수는 일이었으며, 나 스스로 고요함으로 걸어가는 일이었다. 오! 고요여. 우리가 가서 기대고, 우리가 가서 잠들 고요여. 우리를 낳고 우리를 길러 온 고요여. 나는 지금 이 고요를 깨고 있다. 나는 지금 고요 속으로 걸어들어가고 있다.

2부

고독

　고독을 사전에서 찾아보면 "세상에 홀로 떨어져 있는 듯이 매우 외롭고 쓸쓸함", 또는 "부모 없는 어린아이와 자식 없는 늙은이"로 나온다. 그러나 우리가 고독하다고 말했을 때의 감성적 의미는 이보다 더 절절하다. 단순히 사고무친의 물리적 외로움에만 있는 것이 아니다.

　사막이 아름다운 것은 풍요로운 오아시스가 있기 때문이다. 그런데 어느 날 이 오아시스가 사라져 버린다면 어떻게 되겠는가? 저 사막의 도시 누란楼蘭, Loulan처럼. 누란은 현재 중국령인 신장-위구르 자치주에 있는 고대 도시의 작은 국가였다.

　누란은 로프노르 서북의 수도 크로라이나Kroraina의 중국명으로, 20세기 초 영국의 A.스타인과 스웨덴의 S.헤딘 등의 발굴 조사에 의해 그 실체가 밝혀졌다. 누란은 실크로드 서역 남로南路의 중요한 중계 거점 지역으로 번영한 오아시스였다. 이 나라는 계속되는 여러 세력의 침입과 어느 날 호수가 사라져 버린 자연의 변화로 6세기 이후 멸망하였다.

나는 이제 사막이다/ 늘 나와 함께하던 어이가 없다/ "어이" 하면 달려와 주던 어이가 없어졌다/ "어이" 하고 물을 청하면 쪼로롱 달려와 물이 되어 주던/ "어이" 하고 담배를 물면 내게 달려와 재떨이가 되어 주던/ 이제 그 "어이"가 없어졌다/ 밥을 먹을 때면 숟가락을 들고/ "어이" 하면 따뜻한 국이/ "어이" 하면 입 가실 물이/ "어이" 하면 내 마음까지 귀 기울이던/ 이제 그 "어이"는 없다/ 이제 그 "어이"는 어디 갔을까/ 나는 이제 어이없는 사막이다/ 모래 든 입으로 수없이 "어이" "어이"/ 마른 입술로 하루에도 몇 번씩 "어이"/ 되뇌어보지만/ 이제 그 "어이"는 없다// "어이" 하면 다 되던/ 오오, 나의 지니 "어이"/ 이제는 없는 나의 램프 요정 "어이".

―「어이가 없다」

남자는 보통 세 번 꺾인다. 군에 입대하여 한 번 꺾이고, 결혼하여 아이가 태어나면 또 한 번 꺾이고, 아이가 자라 결혼을 하면 또 한 번 꺾인다. 나는 이제 두 번의 꺾임을 경험하였고 또 한 번의 꺾임이 남았다. 그런데 요즘의 나는 아이가 결혼을 하지도 않았는데 허리가 벌써 반쯤 꺾였다. 이것이 나이 탓인지 세상 탓인지 모르겠다.

세상일에 겁없이 달려들던 용기도 이젠 사라지고 '고까이 꺼' 쯤이야 하던 것들도 마음이 쓰인다. 마음이 쓰인다는 것은 이미 꺾인 것이다. 당차게 툭툭 쉽게 내뱉던 말도 요즘은 우물거리게 되고 늘 하던 일들도 되돌아보게 된다. 청춘이 구만리나

남았다고 큰소리치던 것이 엊그제인데 이제는 곧 벼랑에 이를 것처럼 숨이 가빠 온다.

아내도 그렇다. 아내가 참 편안했었는데 이제는 아내가 그리 편안하지만은 않다. 나의 말 한 마디면 눈 한 번 찡그리지 않고 '예' 하던 아내가 요즘은 내가 한 마디 하면 열 마디 스무 마디로 돌아온다. 어느 날 오아시스의 물이 마르고 호수가 사라진 느낌이다. 모든 것은 변하노니 끊임없이 힘쓰라는 것은 부처님의 말씀이지만 감내하기가 쉽지 않다. 나의 오아시스는 이제 그 생명을 다 했는가? 나는 지금 고독하다. 나의 꽃다운 시절은 이제 다 갔는가?

눈 내리는 날

눈이 내리면 좋아하는 것은 강아지와 어린애밖에 없다고들 말한다. 그러나 실상은 꼭 그런 것이 아니다. 나는 1980년대 초반을 경기도 양평의 용문산에서 보냈다. 용문산 기지에서 군생활을 한 것이다. 1157고지, 일 년의 절반이 겨울이었고, 그 육 개월은 내내 눈과의 싸움이었다. 아침에 눈을 뜨면 눈을 치우기 시작하여 오전 내내 눈을 치우다 하루를 다 보냈다. 눈이 내리는 모습을 볼 수 있는 날이 일 년에 고작 하루 이틀이던 남녘에서 살아온 나에게는 눈에 대한 새로운 경험이었고, 새로운 인식의 계기였다. 얼마나 눈 치우는 일이 힘겨웠으면 다시는 눈이 와도 와, 하고 탄성을 지르지는 않겠다고 맹세를 했을까?

그러나 그런 맹세도 잠깐, 어쩌다 진눈깨비라도 내리는 날이면 지금도 "야, 눈이 온다."며 이곳저곳으로 전화질을 해댄다. 선배에게나 후배에게 이런 날 술이나 한잔 해야 하지 않겠느냐며 온통 수선이다. 이럴 때면 용문산에서의 각오나 맹세는 벌써 잊어버리고 강아지나 어린애와 다를 바 없이 꼬리를 치며 안으로 밖으로 들락날락 소란을 떤다.

눈이 내리면 늘 지겨웠던 일상의 풍경도 액자 속으로 들어가 지상 선경이 되어 한 폭의 풍경화가 되고, 늘 생활의 때가 꼬질 꼬질한 중년의 부부도 청춘남녀가 되어 팔짱도 슬쩍 껴 보는 것이다. 눈이 내리면 꿈속에서나 가 보았을 이상향의 몽유도원도가 내 앞에 펼쳐진 듯 괜히 가슴이 들뜨고, 두 눈은 저 멀리 반쯤 가려진 허공으로 날아가 생각의 촉수가 먼 우주를 향한다.

이런 날은 낡은 풍경도 그림 속의 선경이 되듯 쪼잘한 소시민의 마음도 한 도인道人이 되어 제법 그럴듯한 생각을 하기도 하고 큰 국량局量도 가지는 것이다. 이렇듯 눈 내리는 날이 어찌 조무래기와 강아지들만의 날이며, 그들만 설레는 날이겠는가?

저기, 환장하것네 눈 내리는 날/ 우리 모두 하나되는 백의민족白衣民族 보것네// 남남북녀 남산북악南山北岳이 솜이불 쏴 펼쳐 놓고/ 한오백년 옷고름 풀던 날/ 무명수건 두른 이녁들의 머리칼/ 피마자 기름내 그립다// 눈이 내리고, 어허 통일統一이라/ 삼백예순날 등촉만 태우던 밤 다 새우고/ 이제사 한 이불펴시니/ 육날미투리 한 쌍이 만날고개 넘어서/ 친정 가는 마고자 남바위 보것네// 하늘과 땅을 이으면/ 세상이 다 밝게 열리나니/ 널리 인간을 이롭게 하리라던/ 단군왕검檀君王儉 만나것네/ 우리 모두 하나 되는 백의민족 보것네.

　　　　　　　　　　　　　　　　　　　　　　－「눈 내리는 날」

눈이 내리면 새로운 날을 맞이한 것처럼 마음도 새로워지고,

자세도 새로워지고, 맺힌 마음도 풀어진다. 새로운 세상을 맞이한 것처럼 지금껏 우리를 옥죄던 낡은 오랏줄을 끊어 버리고 느닷없이 손을 쑥 내밀며 모든 것을 용서하고 용서받고 싶어진다.

우리에게 통일도 이렇게 왔으면 좋겠다. 어느 날 문득 간밤에 눈이 내려 온 세상이 하얗게 불쑥 손을 내밀어 악수를 청하듯 그렇게 통일이 왔으면 좋겠다. 눈 내리는 날, 강아지와 어린애처럼 펄쩍펄쩍 뛰면서 온 세상이 하얀 나라. 나도 너도 하얗게 펄쩍펄쩍 뛰면서 우리 모두 널리 인간을 이롭게 하리라던 백의민족 되었으면 좋겠다.

도원경桃源境

도원경은 동진東晉 때의 시인 도잠陶潛(자는 연명淵明)의 『도화원기桃花源記』에 나오는 이야기이다. 어느 날 한 어부가 고기를 잡기 위해 강을 거슬러 올라갔다. 한참을 가다 보니 물 위로 복숭아 꽃잎이 떠내려오는데 향기롭기 그지없었다. 향기에 취해 꽃잎을 따라가다 보니 문득 앞에 커다란 산이 가로막고 있는데, 양쪽으로 복숭아꽃이 만발하였다.

수백 보에 걸치는 거리를 복숭아꽃이 춤추는 가운데 자세히 보니 계곡 밑으로 작은 동굴이 뚫려 있었다. 그 동굴은 어른 한 명이 겨우 들어갈 정도의 크기였는데, 안으로 들어갈수록 조금씩 넓어지더니, 별안간 확 트인 밝은 세상이 나타났다.

그곳에는 끝없이 너른 땅과 기름진 논밭, 풍요로운 마을과 뽕나무, 대나무밭 등 이 세상 어느 곳에서도 볼 수 없는 아름다운 풍경이 펼쳐져 있었다. 두리번거리고 있는 어부에게 그곳 사람들이 다가왔다. 그들은 이 세상 사람들과는 다른 옷을 입고 있었으며, 얼굴에 모두 미소를 띠고 있었다.

어부는 너무 신기한 나머지 돌아오는 길목마다 표시를 하고 즉시 고을 태수에게 사실을 고하였다. 태수는 기이하게 여기고, 사람을 시켜 그곳을 찾으려 했으나 표시해 놓은 것이 없어져 찾을 수가 없었다. 그 후 유자기라는 고사高士가 이 말을 듣고 그곳을 찾기 위해 갖은 애를 썼으나 찾지 못하고 병들어 죽었다. 이후로 사람들은 다시는 그곳을 찾으려 하지 않았고, 도원경은 이야기로만 전해지게 되었다. 도연명도 이상향으로서의 도원경을 그리며 인간이 찾을 수 없는 곳이라 말하고 있다. 서양의 유토피아도 없는 곳이란 뜻이다.

> 백화점에 들렀다 복숭아통조림 한 박스를 샀다./ 이 복숭아 철에 웬 통조림이냐는 아내의 핀잔을 들으며/ 내 마음의 무릉도원 한 세트를 들고 신이 났다// 아홉 살이던가 열 살/ 나는 홍역을 앓아 펄펄 열이 끓고/ 사흘 동안 미음 한 모금 넘기지 못하고/ 어머니는 설탕물을 끓여 숟가락으로 떠먹이고/ 먹는 쪽쪽 나는 게워 내고// 할머니, 이러다 우리 장손 큰일나겠다고/ 쌀뒷박을 퍼다 주고 사 오신 복숭아 통조림/ 나는 꿈결인가 잠결인가 언뜻언뜻 도원桃園을 거닐며/ 따먹은 기억이 생생한 부귀복록의 천도天桃복숭아// 아내는 한참 동안 제철 과일 이야기로 바가지를 긁고/ 나는 아이들에게 들려 줄 이야기 생각에 미리 즐겁고// 나는 몽유도원 한 세트를 샀다.
> — 「몽유도원을 사다」

「몽유도원도」는 조선의 화가 안견이 안평대군의 꿈 이야기를 듣고 그린 산수화이다. 이 그림도 결국 이 세상에 없는 도원경에 대한 희구가 만들어 낸 것이다. 그러나 나의 생각은 우리 사는 세상에 이런 도원경은 도처에서 발견된다는 것이다. 어쩜 우리는 우리의 삶에서 순간순간마다, 찰나마다 이런 도원경을 발견하고는, 그것을 꿈속까지 가져와 도원경을 그리게 되지 않았나 싶다.

사람은 누구나 제 가슴속에 이런 도원경을 가지고 있다. 나에게 삶이란 이런 도원경을 찾아가는 일이며, 도원경을 찾는 일이라 생각한다. 나는 모든 사람이 이 제 속에 숨어 있는 도원경을 찾았으면 한다. 오! 도원경이여. 무릉도원武陵桃源이여. 너는 지금 어디에 꽃같이 숨었느뇨.

모란

안데르센 동화 「성냥팔이 소녀」의 내용은 이렇다. 섣달 그믐
날의 추운 거리를 한 굶주린 성냥팔이 소녀가 모자도 없이 맨발
로 걷고 있었다. 성냥은 한 갑도 팔지 못하고 집에 돌아갈 수도
없는 소녀는 건물 벽에 기대 주저앉고는 곱은 손을 따뜻하게 하
기 위해 성냥 한 개비를 그었다. 빨갛게 타오르는 불꽃 속에서
온갖 환상이 소녀 앞에 나타난다.

첫번째 성냥은 큰 난로가 되고, 이어 맛있는 음식이 차려진
식탁, 그리고 예쁜 크리스마스 트리가 나타났는데, 크리스마스
트리에 달린 불빛은 높은 하늘로 올라가 밝은 별이 되었다. 그
불빛 속에 할머니가 나타나자 소녀는 그 행복한 곳으로 데려가
달라고 부탁한다. 소녀는 할머니를 계속 머물러 있게 하기 위
해 남은 성냥을 몽땅 써 버린다. 추운 밤이 지나고 날이 밝자
소녀는 미소를 띤 채 죽어 있었다. 그러나 소녀가 어떤 아름다
운 것을 보았는지 아는 사람은 아무도 없었다.

웬만하면 한 번 돌아보지 그래, 웬만하면 한 걸음 멈추고 뒤
돌아보지 그래, 가서는 영영 돌아오지 않는 저 폭포도 단호하
게 휙 떨어져 내리기 전 한 번쯤 멈칫하듯이 웬만하면 한 번
되돌아보지 그래, 잠시 할 말을 잊었을 때 머리칼을 쓸어 올리
듯이, 봄이 이미 왔더라도 이 추위 잊지 말라고 꽃샘의 바람이
불듯이.// 웬만하면 한 번 웃어 주지 그래, 저 악보가 오선지
를 떠나 음악이 될 때 소리통을 한 번 쿵 울리고 떠나는 것처
럼 웬만하면 한 번 웃어 주지 그래, 이미 꽃이 진 자리에도 슬
쩍 배추흰나비가 잠시 쉬었다 가듯이 웬만하면 웃어 주지 그
래, 잠시 구두끈을 고쳐 매듯이.// 영영 고개를 돌린 이여/ 가
서는 뒤도 돌아보지 않는 그대여/ 웬만하면/ 참 웬만하면.

– 「여기 모란」

모란은 작약과의 낙엽 활엽 관목이다. 높이는 2미터 정도이
고 가지는 굵고 털이 없으며, 잎은 크고 두번깃모양겹잎이다.
늦봄에 붉고 큰 꽃이 피는데 꽃빛은 보통 붉으나 개량 품종에
따라 흰색, 붉은 보라색, 검은 자주색, 누런색, 복숭앗빛을 띤
흰색 따위의 여러 가지가 있다.

모란은 예로부터 부귀의 상징으로 여겨졌다. 설총의 「화왕계」
에서도 모란은 꽃들의 왕으로 등장하고 있다. 강희안은 그의
저서 『양화소록養花小錄』에서 화목 9등품론이라 하여 꽃을 9품으
로 나누고 그 품성을 논할 때, 모란은 부귀를 취하여 2품에 두
었다. 이와 같은 상징성에 의하여 신부의 예복인 원삼이나 활
옷에는 모란꽃이 수놓아졌고, 선비들의 소박한 소망을 담은 책

거리 그림에도 부귀와 공명을 염원하는 모란꽃이 그려졌다.

　모란은 꽃 중의 꽃, 화왕花王이다. 나에게 문득 깨달음의 순간은 모란꽃처럼 환하다. 그러나 그 깨달음은 성냥팔이 소녀의 한 개비 성냥처럼 금세 사그라져 버린다. 비가 잠시 갠 후 일어났다 사라져 버리는 무지개처럼 다가가려고 하면 금세 흔적도 없이 사라져 버린다. 깨닫는 것도 어렵고 깨달았다는 것을 안다는 것도 어렵다. 그러나 그보다 그 깨달음을 계속 지키는 것은 더욱 어렵다. 그러니 성냥팔이 소녀의 염원처럼 환상을 지속시키기 위해 성냥을 계속 그어댄다. 성냥 한 개비에 깨달음 하나. 깨달음 하나에 모란꽃 한 송이. 언제 내 화단에는 모란꽃이 환해지나? 나는 지금 텅 빈 화단이다. "모란이 지고 말면 그뿐 내 한 해는 다 가고"만다고 노래한 영랑처럼.

바늘귀

모순은 창과 방패를 뜻하는 말이다. 중국 초나라의 상인이 창과 방패를 팔면서 이 창은 어떤 방패로도 막지 못하는 창이라 하고, 또 방패를 자랑하며 이 방패는 어떤 창으로도 뚫지 못하는 방패라 하여 앞뒤가 맞지 않는 말을 하였다는 데서 유래한다.

그런데 바늘은 이 모순을 스스로 안고 태어난 도구이다. 한편으로는 뚫어 구멍을 내고 한편으로는 끊어진 것을 잇는다. 이렇게 볼 때 바늘의 중심은 코인가? 아니면 귀인가? 코와 귀의 이 절묘한 만남이 나를 당황스럽게 한다.

의복을 꿰매기 위하여 바늘을 사용하게 된 것은 유럽 구석기시대 최후의 문화기라고 하는 마그달레니아Magdalenia 문화기 때 나타난 골각제骨角製 바늘이 최초라 한다. 신석기시대에도 같은 재료의 것이 만들어졌고, 금속기 발명과 함께 금속제 바늘이 고안되었다. 꿰매기 위한 용도 외에 특히 의복을 여미기 위하여 쓰는 지금의 안전핀과 같은 형태의 바늘은 고대 이집트나 메

소포타미아 지방에서 발견된 적이 있단다. 한국에서는 경주 분황사 석탑에서 금은제 바늘이 발견되어 삼국시대의 바느질 도구의 일면을 엿볼 수 있다 한다.

우리 시대의 모든 어머니들께서는 다 그러하셨겠지만 어머니의 일생은 생활의 터진 솔기를 기우는 것이 일이었다. 구멍난 양말을 깁는 일부터 밑 빠진 쌀독을 채우는 일까지 오로지 생활의 금가고 터진 솔기들을 기우고 땜질하며 밤을 새웠다. 어린 시절 문득 오줌이 마려워 깨어난 밤중, 아직도 바느질에 여념이 없는 어머니를 보는 일은 참으로 아득한 일이었다. 어쩜 여성의 노동 중에서도 가장 많은 시간이 투자되었고 가장 친숙했던 일이 바느질이 아니었을까 생각해 본다.

생활의 때가 꼬질꼬질한 손수건에서/ 비둘기를 꺼내는 마술사처럼 지전紙錢 몇 장/ 할머니 가는귀 엿듣네// 구경꾼도 몇 안 되는 시골장터// 아버지는 낙타를 타고 바늘귀 속으로 들어가/ 먼 아라비아 사막의 노가다 십장/ 야자수 한 그루/ 모래등의 배경 사진에 박혀/ 돌아와 돌아와 듣지 못하고// 막내는 자주 체하여 손등을 따네// 서늘한 손바닥으로 등을 쓸어 주시던 어머니/ 생활의 터진 솔기 사이를 기우며/ 저기 나무 송松 하면 한 마리 학이 내려와 앉고/ 저기 꽃 화花 하면 모란꽃 위로 긴꼬리명주나비 한 쌍// 나는/ 간혹, 어머니의 한숨 못 들은 척하네.

— 「바늘귀」

저 뾰족하고 날카로운 바늘로 어머니가 피워내던 모란꽃이 어쩌면 나였는지도 모른다. 아니, 나와 내 동생들이었을까? 어머니는 자신이 일찍 가 보지 못한, 가지지 못한 세계를 우리들에게 주기 위해 밤을 새웠는지 모른다. 그 긴긴밤 어머니가 내쉬었을 한숨들은 지금 어디에서 귀를 기울이고 있을까?

나는 어머니의 소망과 기도로 오늘까지 왔다. 어쩌면 어머니의 긴긴밤 그 끝없는 바느질은 오로지 기도와 소망으로 수를 놓던 시간이었을 것이다. 나도 자주 앞길이 막막해질 때마다 기도를 올리고 소망을 갈구하지만 어머니처럼 그렇게 절절한지는 모르겠다. 나는 지금도 바늘을 보면 저 뾰족한 세상의 창날로 생활의 터진 솔기를 깁는 어머니의 한숨소리를 듣는다. 저 막막한 바늘귀 속에서 들려오는 어머니의 기도소리를 듣는다.

빗살무늬토기

　나는 지구의 모든 것이 흙으로부터 왔다는 사실을 믿는다. 과학적인 지식과 종교적인 사고를 넘어서 모든 것은 흙으로부터 왔다는 감성적 사유를 깊이 믿는다. 흙에서 와서 흙으로 돌아가는 것이 우리네 삶이라 그런가? 나는 흙이라는 말을 그 무엇보다 좋아한다. 그래서 흙으로 된 질그릇은 내 정서에 피붙이같이 따스하게 와 닿는다.

　빗살무늬토기는 한반도에서 나타난 질그릇 중에는 가장 오래된 것이다. BC 5,000년에서 BC 4,000년 사이에 신석기가 시작되었고 이때의 대표적 토기가 빗살무늬토기였다. 그릇의 모양은 용도에 따라 밑이 둥근 것과 평평한 것 등 다양하나 생선뼈 등으로 빗살이 쳐진 것이 대체적인 모양이며, 대체로 700도 정도에서 구워졌으리라 본다.

　나는 이 빗살무늬토기에서 우리 민족 형성의 한 원형을 보았으며, 널리 인간을 이롭게 하리라던 홍익인간의 말씀을 느꼈다. 맨 처음 흙이었다가 불 속에서 질그릇이 되는 그 뜨거운 과정을, 뿔뿔이 흩어져 생활하던 부족들이 고대 국가의 형태를 이루며 통일된 문화와 정치 집단으로 형성되는 과정으로 보았다. 고조선 탄생의 모습으로 보았다. 그래서 빗살무늬토기는 그냥 토기가 아니라 하나의 상징으로 내 가슴을 설레게 한다.

나는 빗금이 새겨진 자리를 보며 처음 우리 민족이 형성되던 날의 역경과 각성이 내 가슴의 빗금처럼 다가온다. 오랜 역사의 시련처럼 새겨진 빗금은 영광과 상처의 기억처럼 느껴진다.

그릇은 무엇을 담는 것이 그 본래의 효용이다. 우리들의 선조들도 그 속에 무엇을 담았으리라. 신석기시대로부터 농사가 시작되었다면 다음해 파종할 씨앗부터 귀한 그 무엇들을 담았으리라. 우리는 그 몇천 년의 시간을 건너 우리에게 전해진 그 그릇 속에서 선조들의 이야기를 전해 듣는 것이다. 그때의 바람과 구름과 비를 만나며 그날의 음성과 그날의 뜻을 듣는 것이다. 보라, 오천 년 전의 말씀과 눈빛을.

맨 처음 이 땅의 흙이었더니/ 씨앗 하나 품지 못한 맨몸이었더니/ 하늘이 열리고 만나리로다/ 널리 인간을 이롭게 하리라던 그대// 성시聖市의 바람과 구름과 비를 모으고/ 태백의 단단한 씨눈 하나 틔우리/ 단나무 깊숙이 내린 의로운 말씀/ (중략) 이제 보일 것이다. 그대 얼굴에서/ 할아버지 피워 내는 청솔연기 맡으면/ 봄비에 호박잎 같은 광목치마 두르고/ 튼튼한 씨앗 뿌리는 파종의 아낙들과/ 성큼성큼 한반도의 산맥을 밟으며/ 압록에서 두만, 섬진에서 낙동까지/ 건장한 몸매로 그날의 말씀을 전하며/ 봄 오는 들판에 서 있는 농부들이// 그대의 오랜 기억에서 만나리라/ 따숩고 고요한 노인장 한 분과/ 맨 처음 이 땅의 흙이었다가/ 씨앗 하나 품지 못한 맨몸이었다가/ 조선의 귀와 입이 되어 그날의 음성/ 밤새워 들었던 뜻들을 모두 전하며/ 이제는 잔잔한 주름살로 서 있는 얼굴 하나를.

- 「빗살무늬토기」

나는 빗살무늬토기에서 단군왕검의 모습을 보았고 고조선의 모습을 보았다. 그 속에 담긴 역사와 바람과 꿈을 보았다. 우리 역사의 빗금을 보았다. 그 빗금 속에 살다간 수많은 사람과 사람들의 사연을 보았다.

수천 년을 견뎌 낸 토기가 어찌 단지 그릇이기만 하겠는가? 입이며 귀인 그 항아리의 모습에서 옛 얘기를 들려 주듯 잔잔한 주름살로 서 있는 노인장 한 분을 만난다.

석류 두 개

나는 설과 추석이면 늘 외갓집을 찾는다. 나이 오십을 넘기고도 외갓집에 간다면 아직도 외갓집이냐고 듣는 사람들이 의아해한다. 나의 외갓집에는 외할아버지와 외할머니께서는 이미 오래 전에 돌아가시고 팔순을 넘긴 큰외삼촌 내외만 계신다.

나는 어려서부터 외갓집을 아주 좋아했다. 어머니께서 육남매 중 고명딸이셨기 때문에 외손자라면 오직 나 하나여서 대접이 각별하기도 했지만, 외사촌들과 산으로 들로 싸돌아다니는 재미도 한몫을 했다. 그러나 그보다 더 중요한 것은 큰외숙모와 나와의 특별함 때문이었다.

내가 집안의 장손으로 태어나자 할아버지께서는 기쁜 마음으로 어머니의 산후조리약을 지어오셨는데 아마 그 약 속엔 인삼이 들어 있었는지 어머니의 젖이 마르기 시작했다. 젖배를 곯아 빼빼 우는 나를 업고 어머니는 백일을 넘기자 이내 외갓집으로 가셨다. 그때 어머니의 마른 젖을 보다 못해 나에게 젖을 먹인 분이 바로 큰외숙모님이셨다. 그래서 나는 태어나서 백일을 갓 넘기고는 외갓집에서 자랐다.

　　대나무 그늘이 짙은 외갓집 뒤란에서 한평생을 늙어 아직도
하지 못한 말들이 보석처럼 박혔을 큰외숙모, 나는 태어나 백
일전후 그 큰외숙모의 젖을 먹고 자랐다. 내 위로 외사촌형이
한 분, 아래로 나와 한 살 터울 외사촌 여동생이 하나, 그 사이
에서 내 살겠다고 연꽃 같았을 외숙모의 젖을 악착같이 빨았을
나는 참 미운 덩굴이었을 텐데, 이제 팔십이 내일모레 한노인
이 되었어도 아들같이 나를 기다려 동동주를 담는다. 나는 모
른 척 동동주 몇 잔에 술이 올라 불쑥 젖값이라 봉투 하나 내
밀고 돌아오는데, 언제 따셨는지 뒤란의 석류 하나 손에 쥐어
주며 길 가며 먹어라, 속 파인 석류 같은 웃음 하 웃으신다//
참보석은 늘 감추어진 곳에 있다/ 숨을 수 있는 가장 깊은 곳/
숨길 수 있는 가장 깊은 곳/ 그곳에 있다가 어느 날/ 눈물같이
확 쏟아진다/ 내 또 다른 어머니.

– 「석류」

　나는 대학 졸업 후 취직을 하고부터는 명절날이면 인사를 가
큰외숙모님께 젖값(?) 드리는 일을 지금까지 계속 하고 있다.
인사를 드리고 외숙모님 젖값, 하고 봉투를 내밀면 외숙모님은
쑥스러워하시며 술상을 차려내곤 하신다.
　내가 명절이 되면 늘 외갓집에 찾아가 인사를 드리자 외숙모
님도 나를 기다려 동동주를 담그셨다. 나와 외숙모님은 이십여
년을 그렇게 지내 왔다. 그러나 외숙모님도 팔순을 넘기시고는

술 담그시는 일이 어려워지셨다. 지난 추석에는 "올해 제주祭酒
는 마 술도가에서 사 왔다" 그렇게 말씀하시고는 부끄러워하셨
다.

　내가 인사를 마치고 돌아오려고 신발을 신자 "야야, 이거 가
면서 먹어라" 하시며 뒤란의 석류 두 개를 따 손에 쥐어 주셨
다. 아내는 석류나무를 보자 하나만 더 하고 또 하나를 더 땄
다. 나는 기겁을 하고 말렸지만 이미 아내는 석류 한 개를 더
따들고 의기양양해했다. 나는 눈을 흘기며 아내를 나무랐다.

　돌아오는 차 안에서 아내가 뭐 석류 한 개를 가지고 그렇게
짜증을 내느냐고 내게 따졌다. 나는 한숨을 쉬고는 아내에게
말했다. 팔순을 넘긴 외숙모님 내외에게 인사를 오는 손님이
나만은 아닐 텐데, 이제 외숙모님이 손님 대접을 할 수 있는 게
저 석류밖에 없을 텐데, 그것을 더 따 오면 어쩌자는 것이냐고
핀잔을 주었다. 아내도 미안한 마음이었는지 그 석류 세 개로
술을 담았다. 나는 아주 외롭고 쓸쓸한 날이면 이 석류주 한 잔
을 음미하듯 마신다.

소한을 지나며

　지난 주말에 마음이 따뜻한 지인과 이런저런 핑계로 창녕을 찾았다. 청탁받은 원고에 실어야 하는 사진을 찍는다는 명분으로 내 고향의 마음이 가는 몇 곳을 둘러보게 되었다. 고향이란 골동품처럼 나이가 들수록 더 빛나는 것 같다. 옅은 안개가 졸음처럼 낮게 깔렸으나 마음이 푸근한 때문인지 기분은 아주 봄햇살이 따로 없었다.

　창녕 향교 앞에서 차를 멈추고 사진을 몇 장 찍었다. 이 향교는 어릴 적부터 내게 늘 고향 마을의 입구로 생각하곤 하는 곳이다. 이 향교를 지나 고개를 넘어서면 바로 고향집이 훤히 보이고 청학이라는 지명을 만들어낸 고향집 뒷산이 한눈에 확 들어온다. 나는 이 향교고개를 넘을 때마다 많은 생각들이 머리를 스치고 지나간다. 고개 정상에 서 있는 모과나무 아래에서의 추억이며, 지금은 관광 농원으로 바뀐 자두밭에서의 추억이며, 동생들과 같이 먹겠다고 창녕 장날 할아버지께서 사주신 박하엿이 손에 쩍쩍 달라붙는 감정을 이 고개를 넘을 때마다 느끼곤 한다.

우리 마을에서 도회지로 나가 성공한 선배들도 다 이 고개를 넘었으며, 타지로 나가 수년째 소식 없는 선배들도 다 이 고개를 넘어갔다. 대도시로 나가 금의환향하는 성공한 인물들도 다 이 고개를 넘어왔으며, 기쁜 소식과 나쁜 소식이 다 이 고개를 통해 넘어왔다. 내게 있어서 이 향교고개는 더 큰 세계로 나아가는 출구이며 안온한 부모님의 품으로 지친 몸을 끌고 들어오는 입구이다.

> 왜지름병을 들고 넘던 길. 동생과 같이 먹겠다고 신문지에 싼 박하엿이 합천동이 되어 척척 달라붙던 길. 비린 간갈치 한 마리 없이 넘던 길. 자주 고무신이 찢어지던 청석길. 장동 영감이 자주 누워서 넘던 길. 우리집 황소 우진牛珍이가 팔려 간 길. 옥희 누나가 시집 간 길. 영화 보러 밤마실 가던 길. 머슴 삼식이가 새경 떼먹고 달아난 길. 고개를 넘어가선 아무도 돌아오지 않던 길. 무엇보다도 이 고개만 넘으면 모두 출세할 것 같던 길.// 휴대폰처럼 소식이 오던 길./ 모든 세상과 통하던 길./ 오직 한 길.
>
> ─「향교고개」

고향 마을의 청학재에 둘러 사진을 몇 장 찍고는 부모님을 뵙고 마을을 나왔다. 모든 사람들이 다 그러하겠지만 부모는 넘을 수 없는 산이다. 우리 부모님은 몇 마지기의 손바닥만한 논농사 밭농사로 육남매를 길러 내셨다. 지금도 생각해 보면 어떻게 굵지 않고 살아왔는지 이런 기적이 따로 없다.

돌아오는 길에 관룡사에 들렀다. 옥천계곡을 따라 쭉 오르다 주차장에 차를 세우고 걸어서 산사를 찾았다. 신라 고찰인 관룡사는 언제 들러도 아늑하다. 절을 오르는 중턱에 서 있는 석장승 한 쌍이 변함없이 다소곳하다. 석장승은 벅수라고 하는데 우리 경상도에서는 벅수라고 하면 바보, 멍청이쯤의 뜻을 가지고 있다. 말을 하지 않으니 벅수라고 하는지, 비가 와도 눈이 와도 모른 척하니 벅수라고 하는지 모르겠으나 그 표정만은 한결같아 오히려 우리네 순박한 마음자리 같아 볼수록 푸근하다.

관룡사에 들러 참배를 하고 약수 한 잔을 나누어 마시는데 물맛이 탄산수같이 시원하다. 누군가 고향 우물의 물맛을 보고 세상의 인심을 알았다던가? 내게는 십 년 전의 물맛이나 지금의 물맛이나 산사의 약수는 변한 게 하나도 없다.

영웅을 기다리며

　세상은 점점 나아지고 발전한다는데 내가 보기엔 점점 각박해지고 영악해진다. 정치는 표만 생각하고 경제는 돈만 생각한다. 궁극을 말하자면 정치는 백성을 안존하게 하는데 목적이 있고 경제는 경세제민經世濟民하는 데 있는데 고작 눈앞의 숫자놀이만 하는 것 같다. 무슨 십 년이나 백 년을 내다보는 안목들을 가지고 하는 것이 아니라 눈앞의 이해타산에만 정신을 두는 것 같다.

　나는 그 훌륭한 분들이 그런 안목이 없어서 그렇게 하는 것이 아니라고 본다. 눈앞의 이익이 너무 눈에 확 들어오니 그 욕심에 그런 것 같다는 생각이다. 대다수 침묵하는 지식인들도 생각이 없어서 침묵하는 것이 아니라 내가 이 난장판에 끼어들어 쓸데없는 공란에 휘말려서 무얼 하나 하는 생각을 하는 것 같다. 이럴 때 정말 임꺽정이나 장길산 같은 산적 하나도 없냐? 생각하면 가슴이 답답하다.

산에 가서 무얼 할까 그들/ 저기 저렇게 산들이/ 산들이 되
짚어 내려오는데/ 꺽정이 길산이도 내려오는데/ 다들 산에 가
서 무얼 할까/ 이제는 신령한 지팡이도 없는/ 저 심심한 산/
저 산에 가서 무얼할까 그들/ 얄리 얄리 얄라성 올라가/ 멀위
다래 무얼 할까 그들/ 다들 산에서 산 간다는데/ 산 가서 그들
무얼 할까/ 꺽정이도 길산이도 없어/ 하다못해/ 신나는 산적
한 놈 없어/ 저 심심해진 산/ 얄라리 얄라 내려오는데/ 저 산
이 되짚어 내려오는데.

-「산. 別曲靑山」

우공이산愚公移山이란 고사성어가 있다. 『열자列子』「탕문편湯問
篇」에 나오는 이야기로 어리석은 영감이 산을 옮긴다는 뜻이다.
태항산太行山, 왕옥산王屋山은 둘레가 700리나 되며 기주冀州 남쪽
과 하양河陽 북쪽에 있는 산이다. 두 산 사이 북산北山이라는 곳
에 살고 있던 우공愚公이란 사람은 나이가 이미 90세에 가까운
데 이 두 산이 가로막혀 돌아다녀야 하는 불편을 덜고자 자식들
과 의논하여 산을 옮기기로 하였다.

흙을 발해만까지 운반하는 데 한 번 왕복에 1년이 걸렸다. 이
것을 본 친구 지수智叟가 웃으며 만류하자 그는 정색을 하고 "나
는 늙었지만 나에게는 자식도 있고 손자도 있다. 그 손자는 또
자식을 낳아 자자손손 한없이 대를 잇겠지만 산은 더 불어나는
일이 없지 않은가. 그러니 언젠가는 평평하게 될 날이 오겠지"
하고 대답하였다.

지수는 말문이 막혔다. 그런데 이 말을 들은 산신령이 산을

허무는 인간의 노력이 끝없이 계속될까 겁이 나서 옥황상제에게 이 일을 말려 주도록 호소하였다. 그러나 옥황상제는 우공의 정성에 감동하여 두 산을 들어 옮겨, 하나는 삭동朔東에 두고 하나는 옹남雍南에 두게 하였다고 한다. 어리석어 보이는 일이라도 한 가지 일에 매진하여 끝까지 포기하지 않고 노력하면 언젠가는 목적을 달성할 수 있다는 의미로 사용된다.

우리에게 우공같은 영웅을 기대하는 것은 너무 어려운 일일까? 나무를 한 그루 가꾸는 데도 최소 십 년을 내다보고 해야 하는 일인데 하물며 나라의 장래를 정하는 일이야 말해 무얼 할까? 우리는 너무 쉽고 안일한 대처로 일들을 하루하루 땜질하고 있는 것은 아닌가? 어디 우공 같은 영웅 하나 없을까?

자장면을 먹다

　오늘은 점심으로 자장면을 먹었다. 나는 자장면을 무척 좋아한다. 단돈 몇천 원으로 자장면을 비빌 때만큼의 설렘을 또 어디서 맛볼 수 있단 말인가? 자장면 하고 말하면 어디서 허기들이 하루살이 떼처럼 몰려와 이처럼 맛나는 군침을 돌게 하는지, 정말 면발 위에 덮인 자장같이 깜깜하게 알 수 없다.

　우리들이 어렸을 때의 최고급 외식은 자장면이었다. 내가 처음 자장면을 먹은 것은 초등학교 육학년 졸업식 날이었다. 그때 시골 학교 졸업식 대외상의 상품은 대충 삽 한 자루, 혹은 찜통, 이런 것들이었다. 키 작은 학생들을 위해 상장은 학생이, 상품은 부모님이 함께 나가 받는 식이었다. 그날 처음으로 아들이 다니는 학교에 동반하신 아버님께서 아들과 함께 상 받은 좋은 기분으로 읍내에까지 나가 사주신 점심이 자장면이었다.

　나는 자장면을 짜장면 하고 된소리로 말하는 것을 좋아한다. 짜장면 하고 말하면 면발이 더욱 쫄깃해지고, 자장이 깊은 맛을 더해지는 것 같고, 고깃살이 더 들어 있는 것같이 여겨진다.

또한 자장면과 추억이 잘 버무려져 처음 자장면을 먹던 마음으로 돌아가 어느새 까까머리 소년의 속눈썹 짙은 그윽한 눈빛이 된다.

> 알 수 없는 우리의 젊음 같은 것/ 부릉부릉 신속히 배달되기도 하지만/ 깜깜하게 그 속을 알 수 없는 것/ 번쩍번쩍 철가방에 담겨져 오지만/ 내놓고 보면 별 신통찮은 것/ 젊음의 허방 같은 것이어서/ 늘 후회를 하지만 쉽게 손이 가는 것/ 쫙 찢은 소독저로 서너 번만 슬슬 비비면/ 그래, 금세 하루치의 양식으로 물들어/ 쉽게 눈부터 풍족해져서/ 실실 웃음기를 풀풀 날리게 되는 것/ 별 다른 찬이 없어도 되고/ 냅킨으로 쓱 입만 닦으면/ 쉽게 이별할 수 있는 것/ 분명 우리 젊음같이 가벼운 것/ 꼭 절망 같은 것은 아니라 해도/ 전화기를 들었다 놓으면 오는 것/ 아주 깜깜하기도 하고/ 아주 배부르기도 한 것/ 그래서 당신과 나 같은 것/ 별 신통찮은 것.
>
> ─「자장면」

나와 자장면의 첫 만남이 수상의 기쁨과 함께여서 그런지 모르겠지만 지금도 자장면을 먹을 때면 나는 무슨 상을 받는 것처럼 느껴진다. 요즘은 자장면집도 발전하여 세트 요리라는 것이 있다. 자장면과 짬뽕과 탕수육을 세트로 묶어 저렴한 가격으로 탕수육까지 맛볼 수 있는 것이다. 우리 애들도 이 세트 요리를 좋아해 가족이 다 함께 모이는 날이면 이 세트 요리를 즐긴다. 이 세트 요리 하나면 온 가족이 무슨 별식을 즐기는 듯 밥상이 갑자기 풍요로워지고 외식을 나온 것처럼 마음이 설렌다.

　서민 경제의 척도를 이 자장면의 가격 변동으로 파악하는 것을 보면 자장면은 서민의 음식이다. 물가지수의 척도가 된다는 것은 분명 자장면이 서민 생활에 그만큼 밀접하게 이어져 있다는 것임을 알 수 있게 한다. 그래서 이 자장면이라는 것은 그 탄생부터 서민의 음식이요, 청춘의 식단이다. 다른 반찬도 없이 다만 단무지 하나만으로 먹는 음식이요, 소독저 하나로 해결되는 음식이다. 그런데도 이 자장면 하나에 마음이 설렌다는 것은 아무리 생각해도 알 수가 없다. 나는 오늘도 소독저 하나로 자장면을 비비며 금세 눈망울이 까만 까까머리 소년이 되어 군침을 흘린다.

추석

    추석을 글자대로 풀이하면 가을 저녁, 나아가서는 가을의 달빛이 가장 좋은 밤이라는 뜻이니 달이 유난히 밝은 좋은 명절이라는 의미를 갖고 있다. 따라서 추석이란 대단히 상징적인 의미를 지닌 용어라 할 수 있다.

    추석은 정월 대보름, 6월 유두, 7월 백중과 함께 보름 명절이다. 보름 명절 가운데서도 정월 대보름과 추석은 가장 큰 명절이다. 대보름은 신년에 처음 맞는 명절이어서 중시되는 반면 추석은 수확기가 시작되는 시기의 보름 명절이어서 중시된다.

    추석은 그동안 농사를 잘 하게 해준 것을 감사하는 농공감사일農功感謝日이며 농사의 결실을 보는 절일節日이다. 아울러 한 해 농사의 마무리하는 시기, 또 이듬해의 풍농을 기리는 시기로서 깊은 의미가 있다.

    농경 사회에서 보름의 만월滿月은 농사의 풍작을 비롯하여 풍요다산을 상징하여 대단히 중시된다. 추석은 만월이 뜨는 보름날이다. 만월인 보름달은 곡물로 치면 수확 직전의 알이 꽉 찬

모습이다. 그래서 추석을 달의 명절이라 할 수 있다.

곡물 농사는 싹이 돋아 만개하여 열매를 맺으면 거두어들인다. 이는 한 해 한 번으로 끝나는 것이 아니라 해마다 반복, 순환한다. 말하자면 재생을 하는 것인데, 이는 생성과 소멸을 반복하는 달의 속성과도 같다.

초승에 소생한 달은 보름에 생명력의 극치를 보여 주다가 그믐 무렵이면 소멸하고, 이어서 다시 초승에 소생하여 '차고 기움'이라는 순환을 반복한다. 이는 죽음과 삶의 반복이라고 할 수 있겠는데 곧 재생하는 속성을 의미한다. 농경 사회에서는 이러한 달의 재생과 농사의 재생적인 속성을 같은 것으로 보는 것이다. 그래서 달의 형상 가운데서도 풍요를 상징하는 만월은 매우 중요하며, 만월 명절은 당연히 중시된다.

저기 하늘 가득 차려진 밥 한 그릇/ 고봉으로 수북이 담아 올린 쌀밥 한 그릇/ 손모아 간절히 치성드리오니/ 천지신명은 응감하시라/ 조상선영신은/ 부디 응감하시라.

– 「가난한 추석」

설날의 명절식이 떡국인 반면 추석의 명절식은 송편이다. 명절식은 차례상에 올려 조상에게 제를 지내고 가족과 친척, 그리고 이웃이 나누어 먹는다. 송편은 역시 가을을 상징하는 음식이다. 그래서 가을 맛은 송편에서 오고 송편 맛은 솔내에서 온다는 말도 있다

송편은 쌀가루를 익반죽하여 햇녹두, 청태콩, 동부, 깨, 밤,

대추, 고구마, 곶감, 계피가루 같은 것을 소로 넣어 둥글게 빚는다. 송편이란 이름은 송편을 찔 때에 켜마다 솔잎을 깔기 때문에 붙여졌다. 쌀가루를 익반죽할 때 쑥이나 송기를 찧어 넣어 쑥송편이나 붉은색의 송기송편을 만들기도 한다. 한가위 때 햅쌀로 빚은 송편은 각별히 오려송편이라고 한다. 오려란 올벼를 뜻하는 말이다.

추석에는 전국적으로 다양한 놀이가 전승되는데 호남 남해안 일대에서 행하는 강강수월래와 전국적인 소먹이 놀이, 소싸움, 닭싸움, 거북놀이 등은 농작의 풍년을 축하하는 의미가 있다. 속담으로 "더도 덜도 말고 늘 가윗날만 같아라"라고 했듯이 천고마비의 좋은 절기에 새 곡식과 햇과일이 나와 만물이 풍성하여 '5월 농부, 8월 신선'이라는 말을 실감하게 한다.

화두

화두는 공안公案이라고도 하는데 일종의 의문으로 불가에서는 천칠백여 개의 화두가 있다고 한다. 참 많기도 많다 하다가, 생각해 보면 우리 삶에서 의문이 아닌 게 없는데 화두 아닌 게 어디 있겠냐 싶기도 하다. 그리고 보니 우리 일상생활이 모두 화두라고 할 수 있겠다. 살면서 한 끼의 밥을 먹는 것부터 아이를 키우고 가르치는 것까지 모두가 의문이니 모두가 화두이다.

이런 화두는 달마선사 때부터 시작된 것으로 보는 것이 일반적이다. 달마가 양무제와 한 문답이 화두로 채택되고 있으며, 달마의 제자인 혜가와 달마 간의 문답도 역시 공안으로 쓰인다고 한다. 그러나 어찌 달마선사의 문답만이 공안이고 화두겠는가?

사람들은 모두가 바른 삶을 살고 싶고, 바른 삶의 길을 찾고자 하고, 바른 삶의 지혜를 얻고자 한다. 이 모두가 화두이다. 한 덩어리로서 삶의 전체를 꿰뚫는 큰 생각으로부터 자잘한 일상에 이르기까지 보다 바르고 올바른 지혜를 구하지 않는 때가 한시도 없다. 그러니 우리는 화두를 달고 참구하며 산다고 할 수 있다.

농부는 어떻게 농사를 지어야 좋은 농산물을 많이 수확할 수 있을까를 강구하게 되고, 신발을 만드는 사람은 어떻게 하면 값이 싸면서도 품질이 뛰어나고 디자인이 멋진 신발을 만들 수 있을까를 강구한다. 이것도 한 화두이다.

그러나 궁극적으로 삶의 희로애락의 고해에서 벗어나 해탈에 이르는 것이 모든 사람이 갈구하는 화두가 아닌가 한다. 참살이는 어떻게 해야 이룰 수 있으며 어떻게 살아야 참살이에 도달할 수 있는가 하는 게 그 궁극이라 하겠다. 여러 화두 중 조주 스님은 무無자 하나만 터득해도 견성을 한다는 데 우리는 늘 빈손이다.

아마도 간화선看話禪은 참구를 하여 오경悟境에 이르고자 하는 것인데, 그 수행을 통해 깨침을 열라는 것인데, 우리는 너무 어리석다. 이 수행을 위해서는 생명을 돌보지 않는 용기를 가져야 한다는데, 우리는 용기가 없다. 용맹심을 일으켜 물로도 뛰어들 수 있어야 하고 불로도 뛰어들 수 있어야 한다는데, 우리는 너무 안일에 젖어 있다.

닭들은 아침이면 늘 알을 낳네/ 꽃이요 꽃 꽃 꽃 꽃 꽃/ 참연 꽃 한 송이 툭 내 앞에 던지네// 행심, 반야바라밀다심경마하 관자재……/ 관자재觀自在, 나는 자유로이 꿰뚫어 볼 수가 없네/ 화두話頭, 저 목탁같이/ 목탁같이 둥근 화두// 나도 하루에

하나씩 알을 품어 보지만/ 어느 것 하나 제대로 병아리가 되지
않네.

─「화두話頭, 혹은 허생虛生」

　모두 품어 알이 병아리가 된다면 우리는 견성見性을 했을 터
이다. 그러나 늘 일상의 쳇바퀴는 제자리를 돌고 돌아 아무런
이룬 것 없이 하루해는 저문다. 때로는 의문을 깊이 들여다보
고는 하지만 곧 그 의문에 빠져 다시 허우적거리다가 제자리로
돌아와 나의 한계는 여기까지다, 하고는 포기하기가 일쑤이다.
　시詩도 삶과 매 한가지여서 이거다 싶어 달려들면 금세 아닌
게 보이고, 아니다 싶어서 덮어 버리면 저기서 다시 옳다 그러
며 울렁거리는 마음이 뭉게구름처럼 일어난다. 콜롬버스처럼
달걀의 한 쪽을 찌그려뜨려 세워 보아야겠는데 늘 달걀의 껍질
하나 뚫지 못하고 껍질만 쓰다듬다 만다.

3 부

가지 못한 길

가지 못한 길은 늘 가슴 한 켠에 그리움과 아쉬움의 실뭉치처럼 똬리를 틀고 있다. 아, 내가 가지 않은 길을 갔더라면 나는 어떻게 바뀌었을까? 나의 운명은 또 어떻게 되었을까? 이런저런 회한에 잠기게 한다. 이러한 마음을 가장 잘 보여 주는 시가 프로스트의 「가지 못한 길」이다.

"단풍든 숲 속에 두 갈래 길이 있었다./ 몸이 하나니 두 길을 가 볼 수는 없어/ 나는 서운한 마음으로 오래도록 서서/ 잣나무 숲 속으로 접어든 한 쪽 길이/ 안 보이는 곳까지 바라보고 있었다./ 그리고 하나의 길을 택하였다./ 먼저 길과 똑같이 아름답고 풀이 우거져/ 사람을 부르는 듯하여 더 나은 것 같았다." 라고 하면서도 가지 못한 길에 대하여 아쉬워하면서 "먼저 길은 다른 날 걸어가 보리라고 생각했지만/ 허나 길은 뻗어 가는 것이고/ 돌아올 가망은 없었던 것이다.// 오랜 세월이 흐른 다음/ 나는 어디에선가 한숨 쉬며 말하리라./ 두 갈래 길이 숲 속으로 나 있어서/ 나는 사람이 덜 다닌 듯한 길을 택했는데/ 결국 그

것이 내 운명을 바꾸어 놓았다"라고 가지 못한 길에 대한 마음을 토로 하고 있다.

이제 세모가 가까이 다가와 있다. 세모가 되면 우리는 지나온 길들을 되돌아보게 되고 후회를 하게 된다. 우리는 얼마나 많은 선택에서 가지 못한 길들을 가지게 되었는지 모른다. 가지 못한 길은 내가 원해서라기 보다 두 길을 동시에 선택할 수 없었기 때문에 일어난 일들이 대다수이다. 내가 가지 못한 길에 대해 아쉬움과 미안한 마음이 든다. 용서를 빈다.

> 용서하십시오.// 입춘이면 늘 석양의 과객같이 동백을 찾았으나 뚝뚝 목을 꺾는 모습이 독하다 낯빛을 흐렸으며 봄 햇살 같은 백목련을 사랑하였으나 잎보다 먼저 꽃 피는 것을 꺼려 담장 안엔 심지 않았습니다.// 어머니 마중 가는 길가에서 한들거리는 강아지풀을 무엇보다 좋아했으나 난초를 곁에 두고 자주 물을 주었으며 내 고향의 불알친구를 깊이 사랑했으나 그보다 동료 교사와 더 자주 술을 마셨습니다.//건너야 할 다리가 앞에 있었으나/ 나는 선뜻 건너지 않았고/ 미루다 미루다 여기까지 왔습니다.// 늘 내 속에 있었으나/ 한 번도 괄호 밖으로 나와 보지 못한 이여// 부디 용서하십시오.
>
> ―「걸유乞宥」

가지 못한 길에는 가지 못한 마음이 있다. 싫어서가 아니라, 미워서가 아니라 이런저런 이유로 망설였던 마음이 있다. 우리는 올 한 해 얼마나 많은 망설임으로 우리가 사랑하는 것들을 놓아 버렸나 생각해 볼 때이다. 그 망설임으로 우리가 사랑하는 것들의 마음을 또 얼마나 아프게 했는지 생각해 볼 때이다. 한 해의 모든 것들이 그 마침을 향해 뚜벅뚜벅 걸어가며 해거름의 소처럼 반추할 때이다.

나는 무엇을 놓치고 왔는가? 나는 무엇을 아프게 하고 왔는가? 우리도 지나온 한 해를 반추하며 지나온 걸음걸음을 되새김질해 보자. 이런저런 상처들을 어루만지며 세모를 맞이하자. 지나온 한 해에 대한 감사와 내가 잊고 지나온 것들에 대한 반성의 기도를 올려 보자. 우리들의 아픈 마음을 연민의 손길로 어루만져 주자. 마음은 가장 여린 살이며 가장 굳건한 뼈이다. 오, 마음이여! 너무 여린 살이여!

길 찾기

　사람이 산다는 것은 길을 찾는 일이다. 어떤 길을 찾아 걸어가야 하나 하는 것을 궁구하는 것이 바로 삶이다. 삶은 바로 자신의 길을 찾는 일이다. 현재 대한민국의 물리적 길은 사통팔달로 고속도로가 나고 고속철이 놓여 있어 산간 오지까지 통하지 않는 길이 없는데, 삶의 길은 더 오리무중이 되었다. 차마다 네비게이션이 달려 있어 목적지만 입력하면 기계가 척척 길을 안내해 주는 세상이 되었는데 사람살이의 길 찾기는 더욱 어려워졌다.

　사람살이의 길이란 유사 이래 여러 성현들이 깨달음으로써 그 방향을 말씀과 기록으로 남겼다. 이를 우리는 경전이라 칭하며, 배우고 익히며 살고 있다. 그런데 오늘날 급속한 사회 변화와 인심의 변화로 무엇이 옳은지 어느 길이 올바른지 헷갈리게 되었다. 갑의 생각에는 이 길이 옳다 하고, 을의 생각에는 이 길이 옳다 하여 갑론을박이 분분하다.

며칠을 무단 결석한 말썽쟁이를 데리고/ 봄 화단의 풀뽑기 노력 봉사 벌을 준다/ 맑은 하늘의 봄볕은 이불 속같이 따뜻하고/ 새순을 올리는 초록들은 어린 아이의/ 새로 돋는 이빨처럼 쟁그러운데/ 벌罰이란 이름에 이미 상심한 아이는/ 꽃이며 풀이며 가릴 것 없이/ 투덜거리며 마구 뽑아서/ 이리저리 팽겨 내치는데 갑자기/ 십 년 내 지나온 비틀걸음의 선생길이/ 아득히 다시 보인다 생각해 보면/ 지금의 너나 지나온 내 길이 다르지 않아/ 뽑혀진 잡초들처럼 나도 풀이 죽는다/ 이리저리 나누고 편 가르며 지나온 십 년/ 무엇이 풀이고 또 무엇이 꽃인가/ 좋게 봐 가꾸면 꽃 아닌 게 없고 나쁘게 봐/ 뽑아 버리려 하면 풀 아닌 게 없는데/ 이 봄날의 화단에서 너 무엇을 읽으라/ 내 채찍질하는 것인가 나는 문득/ 아이와 눈을 맞추곤 그만 먼 산을 본다/ 이 봄날의 화단에서 꽃이여/ 또 풀이여.

─「봄, 화단에서」

사람의 눈이란 게 꽃이다 하고 보면 꽃이고 풀이다 하고 보면 풀이다. 좋게 보면 다 꽃이고 나쁘게 보면 다 잡초이다. 그런데 요즘 세상 돌아가는 품새를 보면 어리둥절할 때가 많다. 학생을 가르치는 일은 학생들에게 삶의 길을 가르치는 일인데, 이는 수도승을 가르치는 일이나 초등학생을 가르치는 일이나 하등 다를 것이 없을 것이다. 그런데 회초리를 들지 마라 하다가 벌罰을 주지 마라 하다가 꾸중도 하지 마란다. 그럼 무엇을 가르치고 학생은 또 무엇을 배우나?

이제는 한 발 더 나아가 자식을 키우면서도 학교에서 밥도 공

짜로 해 주라 하고 부모도 그 사회에서 책임져라 한다. 어떻게 보면 일변 타당해 보이기도 하지만 부모로서 자식으로서 그럼 우린 무얼 하나 싶기도 하다. 부모가 책임질 수 없는 학생이야 국가가 나서서 책임지는 게 타당하겠지만, 모든 학생의 밥까지 국가가 책임진다면 그럼 가정은 무엇이고 부모는 무엇인가? 너무 편안함만 생각하는 단편적 생각이 아닌가 싶기도 하다. 교육 중 최고의 교육은 가정 교육이며, 밥상머리 교육이다. 이것을 국가가 앗아갈 수는 없다. 아무리 편하고자 해도 변하지 않아야 할 것이 있다. 사람살이에는 책무와 권리가 있다. 책무를 다했을 때 권리도 생긴다. 빛과 그리고 그림자이다. 빛이 없는데 어떻게 그림자가 생길 것인가?

느티나무가 있는 풍경

느티나무는 느릅나무과에 속하는 낙엽활엽 교목으로 우리나라 거의 모든 지역에서 자라며 흔히 마을 어귀에 시원한 그늘을 만들어 주는 정자나무이기도 하다. 그래서 마을마다 한두 그루쯤은 있는 것이 보통이다. 우리 마을 청학재 재실 뒤편에도 재실과 함께 자라온 느티나무가 있었다. 그러다 재실 정비 사업으로 그만 베어지고 말았다. 참 경솔한 짓이었다.

느티나무의 억센 줄기는 강인한 의지를, 고루 퍼진 가지는 조화된 질서를, 단정한 잎들은 예의를 나타내며 옛날부터 마을을 지켜 주는 보호수로 널리 심어 온 나무 중 하나이다. 또한 은행나무와 함께 오래 사는 나무로 잘 알려져 있는데, 우리나라에서 자라는 1,000년 이상의 나이를 먹은 60여 그루의 나무 중 25그루가 느티나무라고 한다. 이들 대부분은 천연기념물이나 보호수로 지정되어 있다.

너도 무엇인가 해야 한다고/ 느티나무 한 그루가 옆구리를 꾹 내지르면// 마을에는 깡통마다 돌을 채워/ 툭툭 차며 지나다니는 아이가 있고/ 우물가에서는 꼭 남의 얘기로 소문을 만드는 아주머니가 있고/ 잔치를 앞두거나 하면 제일 먼저 칼을 갈아/ 보란 듯이 도야지 목을 따는 아저씨가 있고/ 그 옆에서 밤 놔라 대추 놔라 삿대질을 하면서/ 간섭으로 눈총받는 이가 있고/ 먼저 술이 있어야 한다고 술추렴을 하는 이가 있고/ 상 갓집에서는 풍수를 아는 양 누대의 묘소를 들먹이는 이가 있고// 잔치를 연 듯 사람들을 모아 설교하는 이가 있고/ 지짐이를 굽는 사람이 있고 먹는 이가 있고/ 제 아이를 먹이겠다고 행주치마 아래 배추지짐을 감추는 이가 있고/ 남의 일들을 모두 못마땅한 듯 이맛살을 찌푸리거나 혀를 끌끌 차며 군지렁대는 이가 있고/ 무엇보다 사람들을 챙겨야 한다고/ 오는 사람 가는 사람/ 모두에게 자리를 권하는 사람이 있고/ 음식 접시를 나르며 계속 우물거리는 사람이 있고/ 두건부터 챙겨 쓰는 사람이 있고/ 뒷짐만 지고 어험어험 헛기침만 해대는 사람이 있고/ 갑이 을이 계속 제 아이를 부르는 사람이 있고// 너도 무엇인가 해야만 한다고/ 옆구리를 꾹 내지르는 느티나무 한 그루 있고.

―「느티나무가 있는 마을」

어느 마을에나 수호신처럼 느티나무가 마을 어귀를 지키고 있듯 어느 마을에서나 비슷한 사람들이 살고 있다. 이 마을의 풍경과 저 마을의 풍경이 다르지 않았다. 내가 자라온 청학재의 풍경도 이와 같아서 늘 같은 일상임에도 소란스러웠다.

마을 앞을 흐르는 빨래터에서는 언제나 이런저런 입다툼이 있었고, 백중쯤이면 언제나 목씻기를 한다고 도야지 한 마리쯤 잡아 마을 전체에 돼지국 끓이는 냄새로 온 마을을 진동케 했다. 발가벗은 나의 어린 영혼이 있고, 늘 봄볕이 아늑하던 선산이 있고, 늘 한결같은 냇물이 있고, 아직도 돌아오는 영혼을 기다리는 느티나무가 있는 그곳.

　나는 스무 살쯤 고향을 떠나 삼십여 년을 마산에서 살고 있다. 나는 불혹을 넘기며 고향으로 돌아갈 결심을 했다. 다시 고향이 그리워지기 시작했다. 내가 못견딜 것같이 답답하던 그곳이 새롭게 그리운 품으로 느껴지기 시작한 것이다. 나는 곧 그곳으로 돌아가리라. 내가 태어나고 자란 고향으로 귀향하리라. 귀거래, 귀거래 하리라.

둘레길을 걷는 사람들

　요즘 산을 찾는 사람들이 부쩍 많아졌다. 건강을 생각하여, 취미로, 이런저런 이유들로 산을 찾는 사람이 많이 늘었다. 그런데 이 산을 찾는 사람들은 으레 정상을 향하곤 한다. 산을 탄다는 것은 그 정상을 향하는 것이고, 정상은 등산의 꽃이기 때문이다.

　그러나 둘레길이 생기고부터는 정상을 향하기보다는 둘레길을 걷는 사람의 수가 점점 늘어 간다. 둘레길을 걷는 사람이 정상을 향하는 사람보다 더 많아진 것이다. 세상의 모든 일들은 변하게 마련이고 유행도 변한다. 이것도 유행의 하나인지 많은 사람들이 둘레길을 걷고 있다.

　　산을 오를 때에는 저 봉우리가 꽃이어서/ 저기 저 정상이 환한 꽃이어서/ 한 눈 팔 사이도 없이 오르고 보지만/ 이제 내려가는 길은 몸도 마음도 낮아져/ 길섶의 키 낮은 꽃과 풀이 다 보인다는데/ 이젠 나도 내리막길인데 아직 내 눈엔/ 꽃은 커녕

한 눈파는 것도 쉽지 않다/ 어쩜 한 눈파는 것이 정말 삶이고 인생인데/ 내려가는 길이 너무 가파르고 경사가 져/ 나무를 보고 꽃을 보는 일/ 아직은 내게 너무 어려워/ 자주 몸이 기우뚱하고 발이 꼬인다/ 내려갈 때엔 꽃이 보인다는 말이/ 어느 선승의 법문같이 들리는 날/ 내겐 내려가는 길도 예삿일이 아닌데/ 나도 혹시 하고 잠시 발을 멈추어 본다// 수풀에 몸을 숨긴/ 키낮은 패랭이꽃 하나.

– 「하산下山」

근래 우리나라에는 좋은 둘레길이 많이 생겨났고 지금도 둘레길이 하나둘 늘어 가고 있는 추세이다. 제주 올레길부터 시작하여 전국 각지에 둘레길이 생겨나고 있으며 유행처럼 둘레길을 개척하고 있다. 지리산의 둘레길도 생기고 각 고장마다 아주 작은 향기나마 향기가 어린 곳이라면 어디서나 둘레길이 생긴다. 내가 사는 이곳도 예외는 아니어서 마산의 진산인 무학산에도 둘레길이 생긴 것이다.

나는 봄이건 가을이건 자율 소풍 시간이면 우리 반 학생들을 데리고 늘 무학산 정상을 오르곤 했다. 산이란 정상이 그 꽃이어서 우리는 늘 산에 간다 하면 정상을 향하는 것으로 되어 있었다.

우리 학생들은 기겁을 하지만 나는 나름대로 자신이 사는 지역의 진산인 무학산 정상에 한 번 서 보는 것은 의미 있는 일이라는 생각이었다. 그래서 아이들의 반대를 무릅쓰고 으레 무학산 정상을 향하곤 했다. 아마 이때 내 마음의 한 곳엔 정상에서 봄으로써 정상인의 마음을 헤아리고 저들도 호연지기浩然之氣를 길러 정상에 서는 사람이 되라는 의미였던 것 같다.

그러던 나도 변해 유행을 찾아가듯 둘레길을 찾게 되었다. 그래, 사는 일이 어디 정상에 서는 것에만 있다더냐? 소로小路를 따라 호젓한 산길을 홀로 걷는 것도 또 다른 인생 이러니 하고 자율 소풍 시간에 학생들을 데리고 둘레길을 찾는다.

천리마는 하루에 천리를 가지만 수레를 끄는 노마도 열흘이면 이에 닿는다고 한다. 태어나는 말마다 천리마일 수 없듯이 사람도 사람마다 다 수재일 수는 없다. 나는 50고개를 넘어서며 인생은 정상에 서는 것이 아니라 끝없는 소로를 걸어가는 것이란 걸 느낀다. 다시 봄이 오면 아이들과 더불어 둘레길을 걸으리라. 봄 햇살을 받으며 내 걸음에 마음을 얹으리라. 한 걸음 한 걸음 봄기운에 내 몸과 마음을 맡기리라. 느린 걸음을 탓하지 않으며 좁은 산길에 마음을 오로지 놓으리라.

모란으로 가는 길

내 안의 세계가 내 밖의 세계와 다르지 않고, 내 마음을 다스리는 일이 저 우주를 다스리는 일에 다름 아니라는 사실을 알았을 때는 불혹을 갓 넘긴 사십대 초반이었다. 이때 나는 몹시 아팠고 늘 피안의 세계를 갈구했다.

나는 이때부터 내가 떠나온 길을 되짚어 내가 만들어진 근본을 찾아 만행을 시작했다. 어쩌면 내가 나를 찾아 떠나는 여행이었다. 내 기억의 저 먼 곳으로의 추억 여행이었고, 나의 근본을 하나씩 되짚어 살펴보는 답사였다.

여기서 만난 것이 핏덩이 내 어린 시절부터 나를 키워 온 청학재였고 그 속에서도 가장 아름다운 모란이었다. 모란은 내 속에 핀 한 송이 꽃이었고 몽유도원이었다. 나는 한 떨기 꽃에서 무릉도원의 세계를 발견했고 내가 진정 가야 할 길을 발견했다.

내 고향 청학재의 삶에서도 가장 깊은 인상으로 남았던 그것을 삶의 한 원형이라고 느끼고는 그 세계를 나는 시로 표현했고 발표를 했다. 나는 나의 잘못 살아온 것에 대한 참회의 표현으로, 내가 지금껏 이렇게 살아 있을 수 있도록 만들어준 청학재에 대한 감사의 표현으로 청학재 시편을 쓰기 시작했다.

청학재의 삶이란 모든 마을의 삶이며 모든 우리 또래의 삶이었다. 가령 이런 것. 청학재에서는 모내기가 끝나고 애벌매기, 두벌매기가 끝나고, 영산 함박산에 함박꽃이 필 때쯤이면 마을의 어머니들이 건어물 오징어 한 축씩을 사들고 함박산에 물먹으러 가곤 했다.

따라가겠다고 때를 쓰다가 홀로 떨어져 남은 어린 우리들은 햇살이 쨍쨍한 한나절을 마당에 돌아다니는 씨암탉과 장난을 치다가, 안방으로 사랑으로 왔다갔다하다가 뒤란으로 뒷산으로 쏘다니며 빨리 해가 지기를 기다렸다. 이때 뒤란에는 모란꽃이 큰누님같이 빙그레 피어 있었다. 온 마을이 다 모란꽃 누님의 말씀을 듣고 구구단을 외는 초등학생 같은 풍경이었다.

> 모란에 들기 전에는 안개같이 모란으로 가는 길을 알 수 없다 모란은 안개처럼 순식간에 흩어졌다 그리움 순식간에 모여든다 개미들이 줄을 지어 법칙처럼 길을 만들듯 단내나는 여름 연잎의 소나기같이 갑자기 모란에 이르기도 하지만 모란에 들기 전에는 모란 보이지 않는다 때로는 욱고 굽어서 아주 신기루같이 결코 모란에 이르지 못하리라 멀어지기도 하지만 때로는 너무 가까이에서 큰 산봉우리로 큰 바다로 피어 있다 개벽같이 눈 깜짝할 사이 닿기도 한다 모란에서는 아무도 비밀처럼 모란을 말하지 않지만 모란을 모르는 눈과 귀는 어디에도 없다

때로는 숨소리처럼 내 안에 들었다 때로는 기침처럼 나를 튕겨

내는 저 모란에 이르는 길.// 나 지금 어디까지 왔나 물으면/

눈꺼풀 앞의 산 하나가 또 산 하나를 데리고 와/ 당당 멀었다

당당 멀었다고/ 산이 무너지는 소리/ 강이 넘치는 소리/ 내 안

의 두문동杜門洞.

- 「모란으로 가는 길」

우리 마을이 청학재라 불리게 된 것은 청학재라는 우리 씨족
의 재실이 마을 한가운데 있어 이를 둘러싸고 마을이 형성되었
기 때문이다. 우리는 청학재라는 마을 이름을 무척 자랑스러워
했고 지금도 청학재라는 이름을 어떤 긍지를 가지고 대한다.

그렇다고 청학재가 무슨 종교 집단처럼 엄숙하기만 한 것은
아니다. 여기에서도 세벌논매기가 끝나면 돼지를 잡아 한바탕
마을 잔치가 있었다. 이때 돼지를 잡는 사람이 있었고, 술추렴
하는 사람이 있었고, 돼지의 쓸개와 간을 막소금에 찍어 소주
한 잔을 하는 사람이 있었고, 서로 조금 더 크게 보이는 몫의
고깃덩이를 가져가겠다고 심지를 뽑는 일들이 있었다.

고무신이 아까워 일을 할 때에는 그때까지 짚신을 삼아 신는
사람이 있었고, 장날이면 늘 술에 취해 아들들이 아버지를 모
시려 향교고개까지 마중 나가는 풍경이 있었다. 농사일이 싫어
일 년 세경을 미리 받아 야밤에 몰래 도회지로 도망간 머슴이
있었고, 돈이 없어 초등학교를 금방 졸업한 아들을 꼴머슴을
시키는 아버지가 있었다.

나는 이러한 세계의 기쁨과 아픔이 우리들의 인생에 하나의

원형이라 보고 이를 글로 써서 남겨야겠다고 생각했다. 이것이 우리 삶의 원형이며 우리 인생의 원형이라 보았기 때문이다. 극미極微의 세계는 극대의 세계와 일치한다. 내 안의 세계는 내 밖의 세계와 통한다. 내 마음을 다스리는 일이 곧 우주를 다스리는 일이라 생각했다. 천지가 조용한 것도 나로 임함이요, 천지의 분란도 나로 인함이 아니던가?

　나는 나의 아픔을 이겨 내기 위하여 시작한 일이 어느덧 내 삶이 가야 할 한 길을 열어준다는 사실을 알게 되었다. 나는 어디서 와서 어디로 가는가, 하는 질문에 대한 답변이 지금부터 나는 어떤 길을 가야 하며, 내가 가서 닿아야 할 곳이 어딘지를 어렴풋하게 알게 하는 계기가 되었다. 나는 이제 인생의 절반쯤 왔지만 아직 가야 할 길은 멀고 험하다. 나는 요즈음 늘 가슴에 손을 얹고 곰곰이 물어 본다. 나는 누구인가? 나는 어디서 왔는가? 나는 이제 어디로 가야 하는가?

　나는 내 현실의 힘겨움에 지쳐 상처받은 영혼을 달래려고 내가 왔던 길을 돌이켜 보는 일에서 청학재를 찾았고 모란을 발견했다. 나는 한동안 모란의 그늘에 들리라. 모란에게로 가서 모란의 속으로 들어가리라. 모든 것이 내 속에서 나왔고 모든 것은 내 속으로 들어간다. 모든 씨앗에는 나무가 한 그루 들어 있고 그 모든 나무는 씨앗 속으로 돌아간다. 나도 한 그루 나무가 아니겠는가?

바둑

바둑은 요임금이 창시하여 그 아들 단주에게 전수한 것으로 전해진다. 요임금은 그 아들 단주를 불초하다 하여 천하를 맡기지 않고 천하와 그 두 딸을 순舜에게 전하여 주었고, 그 아들 단주의 원과 한을 잊게 하기 위해 바둑을 창시한 것으로 전해진다. 바둑은 그래서 인류 역사의 역린逆鱗에 의한 한의 시발始發이요, 이 세상 상극의 시발을 표상한다.

바둑은 흑백을 서로 교차로 두어 한 판의 모자이크를 그려 승부를 결정짓는 게임이다. 그래서 대립의 상극으로 보이기도 하지만 그 게임의 규칙을 보면 서로 한 번씩 기회를 번갈아 가짐으로써 참으로 공평한 경기이다. 현대 사회는 합리에 의한 합의를 중요한 정치적 결정으로 생각한다. 이렇게 볼 때 바둑은 상극이 아니라 오히려 상생의 극한 도를 추구한다 하겠다.

한때는 일본 바둑을 최강으로 보았으나 이후 우리나라가 한동안 그 기세를 떨쳤다. 현재는 동양 삼국이 서로 비등한 형세로 엎치락뒤치락하고 있다. 바둑의 형세도 어느 한 쪽이 너무 강성하여 일방적이 되면 좋은 판이 되지 못한다. 서로의 기세가 비등하여 그 한 수, 한 수에 판의 형세가 균형을 이루어야 좋은 한 판이라 할 수 있다.

이는 새가 좌우의 두 날개로 세상을 나는 것과 같은 이치이다. 만약 왼쪽 날개가 너무 강성하거나 오른쪽 날개가 너무 크다면 바르게 날아가거나 잘 나는 것이 어려운 것과 같다.

나는 우리나라의 통일도 이렇게 서로의 가치를 존중할 때야만이 가능하다고 본다. 평등과 자유는 어느 것 하나 버릴 수 없는 아름다운 것이기 때문이다. 이 평등과 자유가 서로 균형을 잘 맞춰진 사회야말로 인간이 꿈꾸는 이상향에 가장 근접한 세계가 아닐까?

우리가 스스럼없이 우리라고 부를 때/ 바둑을 두자 아우여 돌싸움을 하자/ 생나무 자라는 소리 쩡쩡한/ 남녘의 아랫도리 그 어디쯤에서/ 청동빛 말씀이 내리던/ 백두의 천지天池 그곳까지/ 날줄과 씨줄의 모눈을 메우며/ 우리들의 날들이 오로지 나아가야 할/ 길닦음을 해 보자/ (중략) 우리가 우리라고 스스럼없이 부를 때/ 스스로 셈하여 볼 내일도 있는 것/ 큰 강물이 양수리에서 만나듯/ 휘휘 휘둘러 강강수월래 같은/ 돌싸움을 붙여 보자 고싸움을 해 보자.

　　　　　　　　　　　　　　　　　　　　　　－ 「바둑론」

나는 평화와 통일의 근본이 서로를 먼저 인정하는 것이라 생각한다. 너와 마주앉아 너에게 가장 중요한 한 가지를 주고 다음 나에게 가장 중요한 한 가지를 받았을 때, 우리가 바라는 평화와 통일이 올 것이라 생각한다. 큰 두 강물이 양수리에서 모여 더 큰 줄기를 만들며 흘러가듯 그렇게 우리에게 오리라 생각한다.

내가 바둑론을 쓴 때는 모든 대한민국 국민들이 88올림픽에 대한 열망으로 부푼 꿈을 가지고 설레던 때였다. 국민소득이 일만 불이 된다느니 가가호호 자가용을 가지는 선진국이 된다느니 모두들 곧 다가올 올림픽에 대한 열기로 온 나라가 술렁거리던 때였다. 나는 우리 조국이 분단되어 있는 현실이, 함께 흥분하지 못하는 이 현실이 참으로 가슴 답답했었다. 통일은 서로 바둑을 두듯 그렇게 와야 하는 것이 아닐까?

사십 고개를 넘다

모든 그리운 것들은 고개 너머에 있다.

고개 너머에는 신기한 마법의 세계처럼 늘 새롭고 내가 감히 상상도 못하는 신기한 것들로 가득 차 있다. 그 고개는 우리가 반드시 넘어야 할 숙제였다. 쌀이나 계란뭉치를 들고 가 연필과 노트로 바꾸어 오거나, 석유병을 들고 가 채워 오는 것도 다 고개를 넘어가야 했다. 우리는 늘 고개 너머를 동경했고 가고 싶어했다.

우리 마을은 읍에서 고개 하나를 넘어서야 닿을 수 있는 곳에 있었다. 오일마다 장을 보러 가거나 생필품을 구하려 가는 외에도 나에게 신기하고 새로운 것은 모두 고개 너머에 있었다. 무지개도 그 고개 너머에서 뜨고 그 고개 너머로 졌다. 공부를 잘 하던 형들은 그 고개를 넘어 도시의 큰 학교로 진학을 했고, 방학을 맞아서는 더욱 세련된 걸음걸이와 산뜻한 교복으로 돌아와 우리를 선망의 눈으로 올려다보게 했다. 그리고 꼴머슴을 살던 삼식인가 뭔가 하는 조무래기도 그 고개를 넘어 도시로 도망가 빵장수로 큰돈을 벌었다는 전설 같은 얘기가 전해졌을 때 우리는 모두 그 고개를 넘어가고 싶어했다. 그래서 그 고개는 우리들로 하여금 마법의 세계로 통하는 문으로 인식되게 되었다.

나이 사십을 넘기고도/ 야, 첫눈이 온다고 괜히 마음이 설레어/ 여기저기로 전화통을 붙잡고 너스레를 떤다면// 사십 년이나 꼬치꼬치 말라서 이제는/ 거의 무늬로만 남은 사내/ 만화 속의 뽀빠이나 그곳에서조차/ 피터팬의 그림자같이 떨어져 나와도 무관한 무늬로만 온전한 나이의 사십에// −지나가는 남자1에게/ −우리도 날개를 달 수 있을까요// 하고 물을 수 있다면 흔들리는 불혹이여,/ 아름다운 사십이여, 여기저기 매달린 고치/ 저기 어깨를 움츠리고 가는 번데기/ 사는 것의 절반은 근심이라고 흔들고 가는 바람/ 괜히 단풍든 듯하는 그들에게 혹은// −지나가는 여자1에게/ −첫눈처럼 우리도 날아오를 수 있을까요/ 하고 말을 붙일 수 있다면// 첫눈이 온다고 괜시리 마음이 설레어/ 초등학교 때 처음 짝지를 한 여학생이 생각나고/ 다시 군대 졸병 시절의 동기가 그립거나 미워서/ 여기저기로 전화통을 붙들고 너스레를 떨 수 있다면// 여기 참 아름다운 불혹 가볍게 넘어가는 사십 고개.

− 「아름다운 불혹不惑」

늘 우리를 깔보는 듯 내려다보던 향교고개. 나도 나이가 들면서 그 고개를 넘어 새로운 세계로의 접근이 가능해졌다. 부모님들의 장 마중을 가거나, 혹은 책을 사러, 혹은 심부름으로 그 고개를 넘나들게 되었다. 그 고개를 넘나들던 만큼 나는 나이를 먹어 갔고 자랐다. 형들을 따라 읍에서 하나뿐인 영화관에 영화를 보러 따라나서거나 이런저런 핑계로 그 고개를 넘나들었다. 내가 처음 짜장면을 먹어 본 곳. 내가 처음 영화를 본 곳. 내가 처음 목욕탕을 가 본 곳. 나를, 내게, 나에게, 모든 처음의 것들을 보여 주었던 그 고개. 다리를 건너 불계로 드는 절의 구조와 같이, 그 고개 너머는 유혹의 사바 세계였다. 유혹의 그 고개를 넘어 사탕과 과자의 나라로 달아났던 피노키오처럼 도시로 나와 생활한 지 이십여 년이 흘렀다.

이제 나이도 사십 고개를 넘어 불혹의 경지에 들었다. 나는 불혹의 그 사십 고개를 넘으며 많은 것이 변했다. 생각하는 것도 변했고, 세상을 사랑하는 법도 변했고, 얼굴도 변했고, 목소리마저 변했다. 그러나 내가 변한 것보다 세상은 더욱 많이 변하여 내가 감당할 수 없을 정도가 되었다. 수없이 바뀌고 변하여 온 내가 녹슨 유물처럼 느껴지는 오늘이다. 내가 신기한 마법처럼 마음 설레며 따라나섰던 것들의 본질이 물거품처럼 툭툭 터져서 허공으로 사라지곤 한다. 저 사라지는 밑도 끝도 없는 변화, 내가 그렇게 갈구하던 것이 바로 저것들이었던가?

이제 나의 그리움은 내가 그토록 벗어나고 싶어했던 그곳에 가 있다. 노을이 들고 연기가 오르면 서너 살의 아이들도 할아버지가 되던 곳. 이끼에 맺힌 물방울들도 햇살을 받으면 지지배배 종달새가 되던 곳. 길가에 뒹구는 돌멩이 하나, 썩은 나무 둥치 하나에도 전설이 자라나던 곳. 늘 한결같아서 시간이 멈춘 진공의 세계 같았던, 그러나 그 속에 도도히 흐르는 강물 같은 법도가 있고, 켜켜이 쌓인 믿음이 있던 숲과 같은 곳. 그 고개 너머 그곳.

무릇 모든 그리운 것은 고개 너머에 있다.

나는 다시 고개를 넘어야 한다. 나는 사십 고개를 넘어오며 무척 아팠다. 불혹이란 하나의 미혹됨도 없어야 하는 나이라 했건만 나는 알 수 없는 의혹에 빠져 허우적거렸다. 영혼도 육체도 고갈되어 죽음의 언저리에서 맴돌았다. 앞만 보고 살아온 내 잘못이었다. 저 물거품처럼 툭툭 터져 날아가 버리는 밑도 끝도 없는 변화의 미망에 빠진 죄였다. 헛된 무지개를 좇다 아주 늦게 그 무지개가 내 가슴에 있음을 알아차린 노인과 같이 나도 늦어서야 미망의 늪에서 빠져 나왔다. 환상의 도시에서 당나귀가 된 피노키오처럼 새로운 세계를 경험했다. 나는 다시 고개를 넘어야 한다. 미망迷妄의 언덕을 넘어 불혹의 세계로 가야 한다. 아직도 먼 길이다.

섬진제에서의 일박—泊

　지난 주말에 아내와 아들과 함께 평사리 문학관에 다녀왔다. 경남대학교 청년문학아카데미에서 강의를 부탁받은 차에 동행을 하면 좋을 것 같아 아들과 함께 다녀왔다. 마침 아들이 마지막 군 휴가를 나와 있어 가능한 일이었다. 아들과 함께 이렇게 가족 나들이를 하는 것은 참으로 오랜만이다. 아들이 중학교를 졸업하고는 아마 처음인 것 같다.

　소설 『토지』의 무대인 하동의 평사리 들판을 들어서며 이런저런 이야기를 나누고 소설의 배경이 왜 하동이어야만 하는지 의견을 나누다 보니 최참판댁에 차가 도착했다. 아들도 국문학을 하는지라 이런 문학 저변에 대한 상식이 풍부한 편이어서 이야기의 재미가 더했다. 평사리 문학관은 최참판댁의 뒤편에 있었다. 마중 나온 시인들과 인사를 나누고 섬진제에 들어 차를 마셨다.

　아들과 동행한 여행은 정말 오랜만이다. 그러니 마음도 더 설레고 기쁨도 두 배로 컸다. 오후 세 시에 예정되어 있는 수업은 나중의 일이었고 나는 가족 동반의 여행에 대한 설렘으로 한껏 마음이 부풀어 있었다.

아들과 딸이 학교를 서울로 진학하자 마산에는 우리 부부만 남았다. 남들은 새로이 신혼이 되었다고 부러워하기도 하지만 아이들이 떠난 집은 왠지 쓸쓸하다. 나는 나대로 아내는 아내 대로 자기의 일이 있어 함께 밥을 먹는 날도 시간을 내야 할 만큼 소원해졌다. 그러니 이렇게 가족이 함께 나들이를 한다는 것이 얼마나 기쁘고 설레는 일이겠는가?

내가 세 시에 수업을 하는 동안 아내는 아들과 손을 잡고 최 참판댁과 그 주변을 산책했다. 나는 내심 내 수업을 아내와 아들이 함께 듣기를 바라는 마음이었지만 그들의 선택을 반기는 마음도 있었다. 내가 수업을 마치고 나오자 조금 뒤 아내와 아들은 산책을 마치고 나와 합류했다. 그들은 그들대로 재미가 쏠쏠했다 하고 나는 나대로 재미있는 시간이었다.

내 살아오면서 흘린 눈물/ 모두 말리면 소금 한 가마니/ 내 살아남기 위해 흘린 땀/ 모두 말리면 또 소금 한 가마니/ 이제 너희 둘을 위해 모두 물려주겠다./ 귀찮다 말고, 너무 작다 말고 받아라./ 늙은 보부상같이 헐떡이며 살아온/ 내 생애는 모두가 부끄러웠으나/ 그래도 이 둘만은 덜 부끄러우니/ 이제 너희 둘을 위해 물려주겠다./ 소금 가마니를 척 멍석에 펼쳐 놓으면/ 내 무슨 자서전이 필요하며/ 내 무슨 행장이 필요하랴/ 다 말하지 않아도 알아들을 두 귀/ 너희에게 있으니/ 이제 이 소금 두 가마니/ 너희에게 물려주겠다./ 소태같이 짜거나/ 곰

보같이 얽었을/ 이 소금 두 가마니/ 아들아, 그리고 딸아/ 이
제 다 너희들 거다.

-「소금 두 가마니」

　함께 저녁을 먹고 나는 청년문학아카데미 학생들과 더불어
술자리를 가졌지만, 아들은 자기 방으로 들어가 자신의 시간을
가졌다. 나는 술을 마시면서도 내내 마음이 아들에게 가 있었
다. 참으로 오랜만에 갖는 시간인데 떨어져 있는 것에 마음이
쓰였다. 나는 조금 일찍 술자리를 파하고 아들과 잠자리에 들
었다.

　아들과 함께 자리에 누워도 쉬 잠이 오지 않았다. 나는 나대
로 아들은 아들대로 뒤척이다가 나는 나의 장래에 대하여, 아
들은 아들의 장래에 대하여 이야기를 나누게 되었다. 섬진제
바깥의 날씨는 쌀쌀하고 달빛은 냉랭한데 우리들의 대화는 따
뜻했다. 참으로 오랫동안 갖지　못한 시간을 우리는 섬진제에
서 갖게 되었다. 아내는 일찍 잠이 들었고 우리 두 사람은 오랫
동안 이야기를 이어나갔다. 소중하고 좋은 시간을 섬진제가 우
리에게 베풀었다. 지리산의 기운과 섬진강의 흐름이 우리를 호
위하는 듯했다. 인간은 누구나 혼자이나 사람은 누구도 혼자인
사람은 없다고 느껴졌다. 돌아오는 차 안에서도 내내 즐거운
이야기는 계속되었다. 새해에는 더 건강한 한 해가 될 듯싶다.

아무것도 못해 본, 모든 것을 다 해 본

누구에게나 그러하겠지만 내 삶의 상당 부분은 다시 돌이켜 생각하고 싶지 않은 아픔들로 채워져 있다. 삶이란 원래 아픔과 기쁨이 시루떡처럼 켜켜이 층을 이루고 있는 것이지만, 나의 과거는 그 층의 색깔이 너무 확연히 짙고 대비되어 있어 다시금 돌이켜 생각하는 것만으로도 이미 숨이 턱턱 막힌다.

나의 1980년대는 기쁨과 슬픔이 너무 극명하게 대비되어 있다. 마치 누가 일부러 날줄의 색깔을 구분하여 짜 놓은 직물처럼 검은 띠와 흰 띠가 차례로 번갈아 가며 나타난다. 연일 데모로 최루탄 가스가 매캐한 교정에서, 그래도 마음 한켠이 따뜻했던 것은 삼인시대라는 시 창작 동인이 있었다는 것이다.

군에서 제대를 한 후 세상과는 담을 쌓고 지내야겠다고 생각하고 강의실과 도서관을 오가던 나에게 동의대 사태는 가슴이 미어지는 충격이었다. 세상은 군홧발 소리로 압박해 오고, 취직 걱정과 앞날에 대한 불안으로 가슴은 종달새 알만큼 작아져 나는 어디론가 자꾸 숨고만 싶었다.

어느 날 후배의 자취방을 찾아 막걸리를 마셨다. 담배를 피우려는데 후배가 재떨이를 내왔다. 민주재떨이였다. 후배는 어디서 최루탄 껍데기를 주워 와 매직으로 민주재떨이라고 써 놓았다. 둘러보니 온통 민주투성이였다. 민주거울, 민주책상, 민주붕알, 후배는 괘종시계 시계추에다 민주붕알이라고 써 놓았다. 모든 게 민주로 귀결되던 시절이었다.

그때 내게 삼인시대는 이런 압박감에서 잠시 피할 수 있는 도피처였으며, 숨쉴 수 있는 은신처였다. 가까운 선배들은 모두 졸업을 하고 뿔뿔이 흩어졌고 후배들은 하나 둘 군에 입대했다. 나는 숨쉬기조차 버거워하며 지내고 있었다. 이때 삼인시대는 내게 숨쉴 곳을 제공하던 은신처였으며 도피처였다.

점심식사가 일찍 끝난 오후 수업의/ 첫 시간, 나는 하오의 햇살에 취해/ 나른한 백지로 잠들고/ 내가 잠드는 동안/ 백지 위에서는 몇 개의 점들이 모여/ 보이지 않는 자유와 평화를 꿈꾸기도 하고/ 더 자주 만세 만세를 부르기도 하고// 몇 개의 점들이 더 모여서 금을/ 긋기도 한다. 검정 볼펜 한 자루와 내가/ 잠들기로 했을 때 금들이 모여/ 팔십년도 상반의 경제 도표가 되기도 한다./ 학점에 민감한 신경지수가 되기도 하고// 또 몇 몇은 책상 위로 몰려나와/ 뭘 봐!/ 쓸데없는 낙서가 되기도 하고/ 세종어제의 훈민정음이 되어/ 나이보다 일찍 세상에 눈을 뜬 떠나간 애인에게/ —아! 보고 싶다— 하고 말을 마치는/ 연애 편지가 되기도 한다// 백지 위에서도 온통 점들만 모여/ 서로 곁눈질하거나 더 자주 부딪혀/ 세상을 의심하기 시작했을

때/ 나는 더 깊이 잠들고// 이름모를 풀씨들이 눈을 틔우기도
한다/ 점심 식사가 일찍 끝난 오후의 작문 시간/ 나는 잠들고/
몇 개의 점들만 남아 꿈꾸기도 하고/ 더 자주, 달아나기도 하
며.

- 「국어과의 작문 시간」

1987년 나는 중앙일보 최종심에서 낙선을 하였다. 첫 신춘문
예 최종심은 낙선의 아픔보다 큰 용기로 다가왔다. 우리 삼인
시대 동인들은 더욱 분발하여 시창작을 했다.

그렇게 1987년을 보내고 연말이 되었다. 나는 몇 군데 신춘
문예에 응모를 한 상태였고, 그해 대통령 선거가 있었다. 진해
에서 정일근 시인의 출판 기념회를 마치고 우리들은 선술집에
모여앉아 막걸리를 마셨다. 소주와 막걸리와 맥주가 회무침처
럼 버무려져 오갔다. 우리는 티브이 앞에 앉아 그날 대선 개표
방송을 보고 있었다. 그해 노태우는 대통령이 되고 우리는 취
해서 각자의 집으로 돌아갔다.

다음날 새벽 숙취 속에서 나는 한국일보 신춘 문예 당선 통보
를 받았다. 그날이 1987년 12월 24일이었다. 나의 1980년대는
그렇게 저물어 갔다. 생각해 보면 아무것도 못해 본 1980년대
였고, 모든 것을 해 본 1980년대였다.

와경瓦經

　와경이란 질그릇, 벽돌 따위에 경문經文을 새긴 경판經板으로 죽은 이를 위하여, 또는 자신의 보리菩提를 성취하기 위하여 땅 속에 묻는 것을 의미합니다. 오늘날 불사佛事에 기와 시주를 하며 자신의 소원을 적는 것도 와경이 변화한 한 형태일 것입니다. 다른 면이 있다면 옛날의 와경은 남들이 볼까봐 땅 속에 묻었는데, 오늘날의 와경은 남들이 다 보도록 소원과 이름을 크게 적어 절의 지붕 위에 얹는다는 점이 다르다면 다르다 하겠습니다.

　예나 지금이나 사람들이 어떤 신성神聖에 기대어 자신의 기원을 빌고 소원하는 것은 일반화되어 있었습니다. 태초에 환웅이 내려왔다는 신단수神檀樹를 비롯하여 마을 입구를 지키고 서 있는 당산나무에 동제洞祭를 지내는 일이나, 성황당에 돌 하나를 더 얹으며 소원을 빌거나, 하느님께 혹은 부처님께 비는 일들이 다 이러한 신성에 기대어 자신의 원화소복遠禍召福을 기원하는 것으로 와경도 이와 그 의미가 크게 다르지 않다 하겠습니다.

우리 조상들은 천지만물에 다 신명神冥이 있어 이를 받들고 기원하는 일은 자신을 지키는 일이며, 화禍를 멀리하고 복을 부르는 한 방법이라 생각했었습니다. 집에는 터줏대감에서부터 조왕신, 정랑신, 삼신까지 각기 제 역할을 맡은 신명들이 있어 이들이 모두 기원의 대상이 되었습니다.

그러나 무엇보다 제 마음을 다스리는 일이 가장 중요하여서 마음속에 한 가지씩 기원의 주문과 신물을 담아 늘 거울처럼 꺼내 보는 것이 기도의 중심이 됩니다. 오늘날 진정한 와경은 이와 같이 마음에 묻어 둔 기왓장이 아닌가 합니다.

> 한여름 매미같이 시원한 한 말씀을 듣겠다고 통도사엘 갔습니다. 주마간산走馬看山 휙 두르고 오른 극락암. 큰스님이 바리 때 가득 곡차 한 잔을 권하시며 너는 성춘향과 어떤 관계인지? 지나는 말씀으로 물었습니다. 나는 그 뭐 소설小說 속의 인물이니 어쩌구 저쩌구 하며 말을 흐리고 스님은 허허 웃으셨습니다. 나는 그만 부끄러워 방을 나왔습니다.// 삼소굴三笑窟 툇마루에 앉아 담배를 한 대 휴휴 피우면서 생각하니 저 기왓장같이 못났다. 내 참 못났다. 갑자기 기왓장을 갈아 거울을 만들고 싶었습니다. 한 천년쯤 갈다 보면 내 아둔한 얼굴이 보일까요? 내 어둔 마음이 깨어질까요? 아무 글씨도 새기지 못하고 가슴속에 묻어 둔 기왓장 하나// 보리살타/보리살타.

> — 「와경瓦經」

지금 내 마음속에는 수백 수천의 기왓장이 묻혀 있어 햇살 좋은 봄날에 멍하니 꽃을 보다가도 꺼내 보고는 부끄러워 얼굴이 발갛게 달아오르곤 합니다. 내 속에는 왜 이리 많은 부끄러운 기왓장들이 가득할까요?

와경은 와경瓦鏡, 기와에 새긴 경문은 기와로 만든 거울. 나는 이 거울을 보며 늘 부끄러워합니다. 언제쯤 저 거울들을 다 땅속에 묻을 수가 있을까요? 저 무거운 기왓장들을 다 내려놓을 수 있을까요? 아, 보리살타. 보리살타.

자화상

　자화상은 말 그대로 자기 자신을 그린 것이다. 많은 화가와 시인들이 자화상이란 그림과 시를 남겼다. 사람은 누구나 자기의 본모습을 보여 주고 싶고, 자신의 참나를 직시해 보고 싶은 마음이 있는 것 같다.

　내가 좋아하는 후배 시인은 노인들을 대상으로 하는 글쓰기 교실을 운영하는데 그 중 한 과목이 유서 쓰기와 자서전 쓰기라고 했다. 자서전은 지나온 과거를 반추하는 글이 되겠고, 유서遺書는 자신의 미혹함과 부족함을 바탕으로 남겨진 사람들에게 하는 당부의 말쯤 될 것이다.

　사람들은 누구나 그러하겠지만 자신이 알고 있는 남들이 생각하는 나는 서로 조금씩 다르다. 어느 것이 정말 나인지는 알 수 없으나 진짜 나의 모습은 이것이라고 한 번쯤 속내를 털어놓고 싶을 것이다. 그런 면에서 자서전 쓰기와 유서 쓰기는 정말 좋은 기회가 되지 않나 생각한다. 나도 기회가 되면 내 살아오면서 부족했던 부분과 나의 미혹함에 대하여 변명하는 글을 쓰고 싶다는 생각을 가끔 한다.

시인 윤동주는 그의 시 「자화상」에서 "우물 속에는 달이 밝고 구름이 흐르고/ 하늘이 펼치고 파란 바람이 불고/ 가을이 있습니다.// 그리고 한 사나이가 있습니다./ 어쩐지 그 사나이가 미워져 돌아갑니다……/ 돌아가다 생각하니 그 사나이가 그리워집니다."라고 노래했고, 시인 서정주는 " 애비는 종이었다."로 시작해 "까만 에미의 아들"은 "갑오년이라든가 바다에 나가서는 돌아오지 않는다 하는 외할아버지의 숱 많은 머리털과/ 그 커다란 눈이 나를 닮았다 한다."고 했으며 "스물세 해 동안 나를 키운 건 팔할이 바람이다/ 세상은 가도가도 부끄럽기만 하더라./ 어떤 이는 내 눈에서 죄인을 읽고 가고/ 어떤 이는 내 입에서 천치를 읽고" 간다고 했다. 모두 자신의 말하지 못한 내면을 노래한 것이 아니었겠나 한다.

> 입 코 귀가/ 이리로 뭉기적 저리로 뭉기적/ 못 생겨도 있을 건 다 있다고/ 척 허리 버팀도 해 보는 참인데// 진흙으로 빚었으되 질그릇도 아니고/ 속을 비웠으되 꽃 한 송이 못 담는/ 너는 무어냐// 묻다가 생각하니 참 내 꼴 같다// 나는 마흔 이쪽 저쪽에서/ 내 속의 진흙 덩어리들이 어떻게 구워져/ 질그릇이 되었는지를 보았는데/ 그 파란 불꽃을 보고 말았는데/ 오늘 여기서 또다시 만나다니// 어이!/ 손 내밀어 본다.
>
> — 「토우土偶」

토우는 흙으로 빚어 사람이나 동물의 형상을 한 것이다. 신라

토기 중에는 토우가 붙어 있는 것을 자주 보게 된다. 질그릇에 이렇게 토우를 장식한 이유는 분명히 알 수는 없으나 주술적인 의미가 있는 것으로 보이며, 토우가 붙은 토기들은 특수 의례와 관계가 있었던 것으로 본다.

나는 나의 모습에서 얼뜨기 토기장이 이리저리 뭉기적 뭉기적 뭉쳐 이렇게 보면 사람 같고 저렇게 보면 그냥 흙덩이 같은 느낌을 가지고 있다. 뜨거운 불 속에서 구워져 나왔으나 아직 사람도 아니고 아직 짐승도 아닌 그 어디쯤. 걸어온 길은 너무 멀고 아직도 가야 할 길이 남았다는 게 너무 두려운 그 어디쯤에 나는 서 있다.

아, 언제쯤이나 가 닿을까? 너무 멀고도 먼 저기 피안이여.

추어탕과 여름비

　나이가 오십을 넘자 이런저런 상념들이 많다. 이런 상념들은 특히 여름철 비 오는 날이면 빗소리와 함께 더 소소하게 일어난다. 내 살아온 길이며 또 내가 앞으로 걸어가야 할 길까지 자잘한 생각들이 까치발로 종종거리는 참새 걸음의 빗소리로 내 마음의 마당을 온통 댓잎 자국으로 만든다.

　오십을 넘어서자 이젠 퇴물이 되어 간다고 새벽 빗소리에 잠을 깨는 날이 많다. 이런 날은 동녘이 밝아 오도록 베란다에 나가 빗소리를 듣는 일이 잦다. 웬 사람이 별 이상한 짓도 다 한다고 아침이면 아내의 핀잔을 듣기도 하지만, 나는 새벽 빗소리가 좋다. 여름철 비 내리는 날이면 홀린 듯 나의 이런 일이 잦다. 특히 새벽의 빗소리는 나를 더욱 깊은 상념으로 몰고 간다.

　비가 오는 날이면 사람들은 기분이 말없이 갈앉고 얼굴 표정은 더욱 심산해진다. 생각이 깊으면 마음이 아프니 이런 잡다한 상념에서 벗어나려 사람들은 군입거리를 즐겨 찾는다. 호박

전이나 파전 같은 부침개며 국수나 하다못해 볶은 콩이라도 생각해 내게 된다. 나 역시 갑남을녀甲男乙女의 한 사람으로서 비가 오면 이런저런 생각들이 많아 군입거리를 찾게 한다.

비가 오는 여름철이면 나는 특히 추어탕이 먹고 싶다. 후두둑 후두둑 여름비가 댓잎을 때리며 콩 볶는 소리를 내면 대청에 나앉아 펄펄 김이 나는 추어탕을 먹고 싶다. 산초 냄새가 쏴한 가마솥 추어탕을 한 그릇 가득 담아 땀을 뻘뻘 흘리며 얼른 퍼먹고 빈 그릇을 앞으로 쏙 내며 한 그릇 더 달라고 하고 싶다. 이런 나의 별다른 행동에는 어릴 적 자라온 환경과 관계가 깊을 것이다.

나의 조부께서는 생전에 내가 물고기를 잡으려 나서는 것을 엄히 금하셨다. 여름철 비가 오면 동네 조무래기 친구들은 모두 쪽대쇠 그물망으로 만든 물고기잡이 도구며 뜰채며 바구니를 들고 이 개천으로 저 냇가로 쏘다니기 일쑤였다. 나도 그들과 같이 어울리고 싶어 안달이 났다. 그러나 할아버지께서는 엄히 금하셨고 나는 감히 어기지를 못했다. 그러다 아주 안달이 나면 나는 할아버지의 눈치를 보며 슬금슬금 안채로 뒤꼍으로 할머니 꽁무니를 맴돌았다. 그러면 할머니께서 할아버지께 "아이들이 저렇게 하고 싶어하는데 한 번 봐주지요" 하고 운을 떼시면 마지못해 할아버지께서 끙 하시고는 모른 척해 주셨다.

나와 동생들은 부리나케 바구니나 쪽대를 들고 개울로 봇도랑으로 달려나갔다. 그러나 나와 동생은 물고기를 잡는데 소질이 뛰어나지 못했다. 그저 남들 따라 푸덩덩 푸덩덩거릴 뿐 수확은 그다지 신통치 않았다. 그럴 기회가 자주 없어서인지, 예

초에 타고나길 소질이 없어서인지는 모르겠다.

그래도 물고기 중에는 눈먼 놈도 간혹 있는 법이어서 제법 양동이에 한 사발쯤 되게 미꾸라지며 붕어며 물고기를 잡아오는 날이 있다. 그러면 할머니는 호박잎과 온갖 푸성귀를 넣어 추어탕을 끓였다. 입맛이 달아나는 여름철의 뜨거운 추어탕 한 그릇은 그 나름의 별미여서 우리는 후루룩 후루룩 땀을 흘리며 들이키고는 기분이 썩 좋아지곤 했다.

> 나도 이제/ 한창때는 지났나 봅니다/ 내 영혼 어디선가/ 설렁설렁 바람이 불고/ 내 무릎 아래에서/ 알기는 칠월의 귀뚜라미라고/ 말끝마다 사랑사랑 합니다// 나는 이제 막 고개 위를 올라섰는데/ 속으로 굽어져 이제 찬바람이 이네요// 누가 이런 변화를 알고 이름 지었을까요/ 불혹不惑,/ 나는 그쯤에서 흔들리기 시작했으니까요.
>
> — 「처서處暑」

내가 지금도 추어탕을 별미로 아주 좋아하는 것은 또래 아이들과 푸덩덩 푸덩덩거리던 그 물고기를 잡던 여름철이 그리워서인지, 할머니가 끓여 건네 주시던 그 환한 미소가 그리워서인지는 모르겠다.

사람이라면 누구나 삶이 숨가쁘다고 느낄 때 생각나는 음식이 하나쯤은 있게 마련이고, 내게는 추어탕이 그렇다. 나는 지금도 여름철이면 온몸을 다 적셔 가며 푸덩덩 푸덩덩거리며 물고기를 잡고 싶다. 그리고 할머니께서 건네 주시는 환한 미소를 받고 싶다.

　그러나 이미 그렇게 하기에는 너무 먼 길을 걸어왔다. 간혹 고향에 가서 그럴 셈을 내보기도 하지만 쉬 행동으로 옮기지 못하고 생각만 가득 차오른다. 할머니께서 돌아가신 지 이미 십 년을 넘었다. 그러나 나는 종종 할머니 꿈을 꾼다.

　내 할머니께서는 살아생전 내가 무슨 짓을 해도 내편이었다. 내가 가장 힘들고 괴로울 때 나를 믿어 주고 이해해주신 분이었다. 속으로야 미운 짓을 하면 어찌 밉지 않았겠느냐만 그래도 할머니께서 "그래, 그럴 수도 있지" 하곤 등을 두드려 주셨다. 아마 내가 못났어도 장손이라는 이유 하나로 그렇게 하셨을 게다.

　세상의 모든 할머니들의 손자에 대한 사랑이 다 그러하시겠지만 나는 유독 그 사랑을 많이 받았다. 할머니 밑으로 친손자들만 열 명이 넘지만 가장 많은 사랑을 받은 손자가 나일 것이다. 그래서 할머니와 나와 둘만이 갖는 추억도 여럿이다. 나의 신춘문예 당선 소식을 제일 먼저 알려드린 분도 할머니셨고, 내가 지금의 아내를 제일 먼저 인사시킨 분도 할머니셨다. 나는 가족에 대한 생각을 하면 제일 먼저 할머니가 떠오른다.

　평상시 아둥바둥 살아가다 비가 내리면 그날은 어쩐지 삶의 여백 같은 느낌이 든다. 비 오는 날이면 이 생각 저 생각에 마음씀이 많아지고 그 끝에는 늘 그리운 할머니가 계신다. 그러면 나는 비에 젖어 후줄근한 옷을 툭툭 털고 허름한 시장바닥의 추어탕집을 찾는다. 아무 말 없이 눈을 내리깔고 후루룩 후루룩 추어탕을 먹는다.

내가 근무하는 학교 근처에도 맛있는 추어탕집이 있어 나는 종종 그곳을 찾는다. 나 혼자서, 혹은 친구들과 어울려. 그날이 비가 오는 날이면 더욱 운치가 있고, 비가 오지 않아도 좋다. 잠시 내 상념의 그늘을 찾아 땀을 들이면 되는 일. 할머니를 그리워하며 추억하면 되는 일. 오랜 추억의 추어탕이여. 오, 여름 비여.

4 부

계란이 서다

　농촌 마을에서 자라면서도 우리 집은 계란이 귀했다. 할아버지께서 닭들이 집안을 헤집고 다니는 것을 귀찮아 여겨 집에 닭을 키우지 않은 탓이다. 그래서 계란 반찬이 나오는 날은 아주 특별하거나 귀한 손님이 오셨을 때뿐이다.

　나는 나이가 들어 고향으로 돌아가게 되면 먼저 닭을 몇 마리 키울 요량이다. 아침이면 '꽃이요' 하고 우는 닭의 울음소리는 얼마나 정겨운가? 나는 반드시 닭장을 만들고 닭을 몇 마리 키울 것이다. 구구구구 모이를 주면서 닭을 불러모을 것이다.

　자라면서 계란이 귀한 대접을 받을 만큼 계란에 대한 소중한 추억도 많다. 그 중 하나는 우리 형제들이 자라면서 크는 몸살을 앓게 되면 어머니는 어디서 날계란 하나를 구해 와 참기름장과 간장을 넣어 뜨거운 밥에 비벼 주시곤 하셨다. 그러면 그 날계란 비빔밥 한 그릇에 거짓말처럼 몸살이 낫곤 했던 기억이 새롭다.

나는 잠자코 알인데/ 한켠에 밀쳐 둔 상자같이/ 상자 속의 책같이/ 책장 속의 활자같이/ 그저 아직은 조용한 생각인데// 콜롬부스처럼 어디/ 너 한번 서 보라고 한 쪽 귀퉁이를 찌그러 뜨리고/ 나는 불끈 알이 서는데// 저기 미운 놈 간다고 던지고/ 물러가라, 물러가라 던지고/ 너가 어쩔 거냐고/ 밀가루를 뿌리고/ 확– 나는 계란이 올라올 것 같은데// 알이 어쩌구/ 세계가 어쩌구/ 껍질을 깨고서야……// 확– 나는 뚜껑이 열리고// 흰자위가 뭉게뭉게 구름 피어 오르고// 나는 불끈 계란이 선다.

–「계란이 서다」

내가 지금도 가장 좋아하는 반찬 중 하나는 계란찜이다. 이 단순한 요리를 나는 아주 좋아한다. 계란찜 하나면 아무리 다른 반찬이 허룩해도 기쁘게 숟가락을 든다. 이 계란찜 하나에 담긴 추억을 상기하며 상념에 잠겨 숟가락을 부지런히 움직인다.

계란도 계란이지만 또 닭은 어떤가? 그 생김부터 아주 우리의 마음을 홀려 놓을 만큼 멋지지 않은가? 붉은 벼슬과 또렷한 눈과 용감한 부리와 윤기가 흐르는 깃하며 겉보기에도 신수가 훤하고 뭔가 기품이 있어 보인다.

우리나라의 닭은 이미 신라의 시조 설화와 관련되어 등장한다.『삼국사기』와『삼국유사』의 김알지의 탄생 설화에 의하면 "신라 왕이 어느 날 밤에 금성金城 서쪽 시림始林 숲 속에서 닭의 울음소리가 나는 것을 듣고 호공瓠公을 보내어 알아보니 금빛의

궤가 나뭇가지에 걸려 있었고 흰 닭이 그 아래에서 울고 있었다. 그래서 그 궤를 가져와 열어 보니 안에 사내아이가 들어 있었는데, 이 아이가 경주 김씨의 시조가 되었다."고 하였다. 그 뒤 그 숲의 이름을 계림鷄林이라고 하였으며 신라의 국호로 쓰였다. 이러한 설화에서 닭은 이미 사람과 친밀한 관계에 있었음을 알 수 있다.

다시 고향에 돌아가면 닭을 키우리라. 제일 먼저 닭장을 만들고 닭을 키우리라. 봄이 되면 암탉이 병아리를 깨게 하리라. 암탉이 병아리를 데리고 다니는 모습을 보리라. 어디서 손님이 오거나 하면 갓 낳은 따뜻한 날계란을 대접하리라. 아침이면 닭의 울음소리에 잠을 깨리라. 구구구구 닭들을 불러모아 모이를 주리라. 닭같이 집안을 단속하리라. 가족을 위해 수탉같이 용감해지리라.

나무와 숲

1980년대 민족 공동체의 열망에 가슴이 부풀었던 나는 1990년대를 지나면서 심한 우울증을 앓았다. 민족 공동체의 순수한 열망과 새로운 변화의 세계를 꿈꾸는 문학 청년이던 나는 이상주의자에 불과했다. 이상과 현실은 참혹하게 달랐다. 농촌 공동체의 모습이 아직도 남아 있는 정서를 보고 자란 나의 가슴에 세상과 사람들이 보여 주는 파당적 분열은 심한 좌절감을 안겨 주기에 충분했다. 나무는 큰 나무 아래 못 살아도 사람은 큰 사람 아래 살아야 한다는 말씀을 듣고 나는 자랐는데, 그들이 큰 사람이 아니었는지 내가 좀스러워 그랬는지 모르겠다. 그래도 세상을 바꾸겠다고 생각한 사람들이었는데 말이다.

지금도 나의 생각은 그러하지만 자유로운 개인이 없는 집단은 패거리라고 본다. 조그만 이익과 조그만 권리에 파당을 짓는 것은 패거리에 불과하다. 나는 이 패거리들의 무지막지한 힘과 부딪힘 속에 개인의 감정과 인격은 조직의 부속품으로 전락하는 것을 그때 보았다. 나는 큰 상처를 받았다. 나는 세상으로부터 유폐를 당했다.

어느 시대나 그러하겠지만 패거리 조직이라는 것은 결국엔 소수의 이론가나 헤게모니를 장악한 몇몇 권력자의 생각과 의지로 좌지우지되면서, 개인의 의견은 무시되고 주도 이념과 다른 목소리는 종파 분자로 묵살하는 것이다. 감성이 죽은 사상은 칼날같이 날카롭고 살기를 띤다. 오로지 목적을 향해 나아가는 거침없는 발걸음들은 군홧발과 하나도 다름이 없다. 그들은 입으로 군사 문화의 폐해를 말하면서도 그 조직의 운영에는 그것과 하나도 다르지 않았다.

아름다운 숲이란 각자의 나무들이 한껏 자신의 생명 기운을 뻗쳐 가지를 키울 때야만 이루어질 수 있는 것이다. 나무가 나무를 지배하고 큰 나무의 그늘이 작은 나무의 잎을 가릴 때에는 훌륭한 숲이 될 수 없다. 나무와 나무 사이 그 거리와 간격을 무시하면 숲은 결코 이루어질 수 없다. 나는 그렇게 생각한다.

드디어 양치기는 치기를 버리고 양이 되었다/ 이제 오호이 오호이 그 양치기는 어디에 갔는가/ 사람들은 숲을 가리킨다 그럼 저 나무 뒤에/ 남아 있던 어린 양들이 물음의 고개를 들면/ 아니야, 사람들은 나무를 보지 말고 숲을 보라고/ 말한다 아니, 숲은 어디에 있는가 물어도/ 이제 모든 사람들은 숲을 보고 말한다./ 드디어 이제 모든 나무는 숲이 되었다/ 이제 나무는 어디에 갔는가 이렇게 묻고 싶어도/ 사람들은 양치기가 버린 양같이 뿔뿔이 흩어져/ 모두 숲이 되었다/ 이제/ 드디어/

마침내/ 우리는 모두 숲이 되었다/ 세상에 가득 찬 행복한 숲들.

– 「나무는 없다」

잘못된 지도자란 딱히 할 말이 없으면 조국과 민족을 운운한다. 국가와 백성을 운운한다. 지금도 정치판에 나선 사람들의 다수는 늘 조국을, 민족을 입에 올린다. 나 아니면 국가가 붕괴되고 백성들이 더할 수 없는 고통에 빠지고 말 것처럼 말한다. 나는 이런 사람들을 믿지 않는다.

서로 어울리는 숲은 결코 자기 그늘에 나무들을 불러모으지 않는 법이다. 지금도 많은 사람들이 숲을 보라고 한다. 그러나 숲은 한 그루, 한 그루 나무들로 이루어져 있다. 한 그루, 한 그루의 나무가 바로 숲이다.

도깨비

사람의 생각은 도깨비 같아서 잠시만 생각을 놓아도 도처에서 잡념雜念이 창궐한다. 잠시 마음을 놓은 그 자리가 바로 어두운 밤이어서 온갖 허접한 것들이 다 들고 일어나 눈을 홀리고 마음을 흔들어 놓는다. 잡념은 헛된 망상妄想이어서 그림자가 그림자를 낳고 그 그림자가 그림자를 낳아서 도깨비같이 사람을 홀려 놓는다. 마음을 잠시 잊고 놓은 곳에서 망상이 생기고 망상이 그 도깨비를 낳는다. 사람이 도깨비이고 생각이 도깨비이다.

도깨비는 허주虛主, 독각귀獨脚鬼, 망량魍魎, 이매魑魅라고도 한다. 음허기陰虛氣로서 원시 신앙적인 귀신 사상에 의하여 형성된 잡신이지만, 음귀陰鬼로서의 귀신과는 다르다. 도깨비는 사람이 죽은 후에 생기는 것이 아니고, 사람들이 일상생활의 용구로 쓰다가 버린 물체에서 생성된다고 한다.

헌 빗자루, 짚신, 부지깽이, 오래된 가구 등이 밤이 되면 도깨비로 변하여 나타나는데, 그 형체는 알 수 없으나 도깨비불이라는 원인 불명의 불을 켜고 나타난다고 한다. 또 이 귀신은 다른 귀신과는 달리 사람에게 악한 일만 하는 것이 아니고, 장난기가 심하여 사람을 현혹하고 희롱도 하며, 잘 사귀면 신통력으로 금은보화를 가져다 주는 등 기적적인 도움을 주기도 한다고 한다.

> 이제 내 이름을 서러워하지 않겠다./ 조금의 그리움으로도 목이 메어/ 옷섶이나 바짓가랑이 혹은,/ 삽살이의 그림자에도 맺혀서/ 자잔히 묻어나는 나의 사랑/ 이제는 용서하겠다./ 풀꽃답게 피었다 시드는 꽃을 맺어도/ 나의 감성이 예쁜 덧니로 돋아나도/ 세상은 때때로 물뱀보다 독사毒蛇 같아서/ 이 징글시런 놈 혹은/ 이 낮도깨비 같은 놈/ 하고 욕을 퍼부어도/ 나의 끈끈한 사랑 변명하지 않겠다./ 풀꽃 중에서도 더 아름다운 화초花草이기를/ 이름 중에도 더 빛나는 명사名詞이기를/ 꿈꾸지 않겠다./ 그냥, 낮도깨비 같은 도깨비바늘풀.
>
> ―「도깨비바늘풀」

망상은 도깨비바늘풀처럼 아무 곳에나 잘 들러붙어 떼어 내어도 떼어 내어도 묻어 온다. 이젠 다 떼어 냈겠지 하고 보면 어디 바짓가랑이나 옷섶에 또 붙어 있다. 허둥지둥 내가 돌아다닌 숲길이나 들판의 삿된 발자국들을 다 일러바치겠다고 옷섶에 붙어 살갗을 쿡 찌른다. 이것이 어쩜 평범한 사람의 삶이 아니겠는가? 용서를 하고 다독이다가도 생각하면 허랑하다.

내 삶의 절반은 도깨비바늘풀을 묻히며 돌아다닌 여정이고 내 삶의 또 다른 절반은 이 도깨비바늘풀을 떼어 내는 일이었다. 일 년이면 일 년의 절반을, 한 달이면 한 달의 절반을, 하루면 하루의 절반을 이 도깨비바늘풀을 떼어 내는 일에 바쳤다. 한 대 쥐어박으면 들어갔다가 또 솟아오르는 두더쥐잡기 같아서 이젠 눌렀다 싶으면 또 솟아오르고, 눌렀다 싶으면 또 솟아오르는 것이 망상이다. 이 허랑한 삶을 뭐라고 할까?

  나이가 들면 이 놀음도 저절로 가라앉겠거니 했으나 나이가 들면 나이가 드는 대로, 세월이 가면 세월이 가는 대로 이 허무맹랑한 짓은 반복된다. 그 옛날 마늘밭을 매는 것처럼 이 밭을 다 매고 나면 저 밭에서는 또다시 잡풀이 무성하고, 저 밭을 다 맸구나 싶으면 다시 이 밭이 잡초에 묻히는 것과 같다. 어쩌나, 자주자주 김을 매는 수밖에.

만만파파식적萬萬波波息笛

만만파파식적은 신라 천존고에 보관되어 있다고 전해지는 피리를 말한다. 만파식적 설화에서 전해지는 일종의 가로피리이다. 『삼국유사』에 의하면 신라 제31대 신문왕神文王은 아버지 문무왕文武王을 위하여 동해변에 감은사感恩寺를 지어 추모하였는데, 죽어서 해룡海龍이 된 문무왕과 천신天神이 된 김유신이 합심하여 용을 시켜 동해 중의 한 섬에 대나무를 보냈다. 이 대나무는 낮이면 갈라져 둘이 되고, 밤이면 합하여 하나가 되는지라 왕은 이 기이한 소식을 듣고 현장에 거동하였다.

이때 나타난 용에게 왕이 대나무의 이치를 물으니, 용은 "비유하건대 한 손으로는 어느 소리도 낼 수 없지만 두 손이 마주치면 능히 소리가 나는지라, 이 대나무도 역시 합한 후에야 소리가 나는 것이요…… 또한 대왕은 이 성음聲音의 이치로 천하의 보배가 될 것이다……"라고 예언하고 사라졌다 한다. 왕이 곧 이 대나무를 베어서 피리를 만들어 부니 나라의 모든 걱정, 근심이 해결되었다 한다. 이 피리를 불면 가뭄에 비가 오고, 홍수에 비가 그치고, 병이 낫고, 파도가 가라앉고, 바람이 그치고, 적병이 물러가는 신기한 것으로 많은 근심거리를 없애는 것이라 해서 만파식적이라 불렀다 한다.

그리하여 이 피리를 국보로 삼았는데, 효소왕孝昭王 때 분실하였다가 우연한 기적으로 다시 찾게 된 후 이름을 만만파파식적이라 고쳤다고 한다.

우리가 만나서 피리 하나 만든다면야/ 요석궁의 자루 빠진 도끼 노래만 부르랴/ 그대와 내가 한세상 푸른 대밭을 이룬다면/ 죽림竹林에 누워 나란히 팔베개할 수 있다면/ 취발이 말뚝이 문둥이 장타령도/ 태백에서 한라까지 신명이 돌아/ 산중山中놈은 도끼질 야지野地놈은 괭이질/ 대닢파리 서늘히 갈앉히는 청풍이 되어/ 한 곡조 넉넉한 법성法聲인 것을/ 그대와 내가 견우牽牛 직녀織女로 만나서/ 두 손 마주잡고 쩡쩡 박수친다면/ 감은사感恩寺 폭우 뒤 칠월 칠석에/ 동편 서편 질경이로 흩어졌던/ 쑥부쟁이 엉겅퀴 말똥가리풀/ 곰방대 놋그릇 상투쪽까지/ 한여름 쏘내기로 짙어 올 청산青山인 것을/ 보라, 성도 이름도 버리고/ 그대가 직녀로 온다면/ 정한수 한 그릇 정히 받쳐들고/ 고수레 고수레 겹상 차린다면/ 이날은 우리 의義요 생명이요 교훈이다/ 우리가 건너야 할 강들이 모이어/ 봄풀 짙어 올 비를 뿌릴지니/ 그대는 온 세상 싹을 틔우라/ 나는 잘 닦은 농구들을 메고 일어나/ 풍족한 세상의 밭을 갈으마/ 그러면 한오백년 닫혔던 눈과 귀들이/ 와와와 한꺼번에 다 열리어/ 세상의 아침을 깨우는 신적神笛 되리니/ 이 땅은 하나같이 고운 백의

민족이러니/ 우리가 만나서 청청한 대피리 하나 된다면/ 요석
궁의 자루 빠진 도끼 노래만 부르랴/ 스산히 문풍지 흔드는 샛
바람만 되랴.

— 「만만파파식적萬萬波波息笛」

우리가 양수리를 입에 올리면 가슴이 울컥하는 것은 양수리
가 남한강과 북한강이 만나 하나가 되는 때문이다. 양수리처럼
우리도 만나서 우리가 얼마나 같은가를 가슴으로 느껴야 한다.
요즘 학생들의 상당수는 통일의 필요성을 느끼지 못한다고 한
다. 무엇이 잘못되었는가? 우리는 1980년대 양수리라는 말만
나와도 가슴이 울렁거리고 통일이라는 말만 들어도 울컥했는
데. 우리는 좀더 너와 내가 얼마나 같은지를 느껴야 한다. 신적
은 멀리 있는 것이 아니다. 다 우리가 가지고 있는 것이다.

몽유도원도

몽유도원도는 세종의 셋째아들인 안평대군이 무릉도원을 방문하는 꿈을 꾸고 그 내용을 안견에게 설명한 후 그리게 한 것이다. 그림과 함께 안평대군의 표제와 발문을 비롯해 신숙주申叔舟, 정인지鄭麟趾, 박팽년朴彭年, 성삼문成三問 등 당대 최고 문사들의 제찬을 포함해서 모두 23편의 자필 찬시가 곁들여 있다.

1447년작. 비단 바탕에 수묵담채. 세로 38.7cm, 가로 106.5cm. 그림은 1447년 음력 4월 20일에 그리기 시작하여 3일 만인 23일에 완성되었다. 내용은 통상적인 두루마리 그림과는 달리 왼편 하단부에서 오른쪽 상단부로 전개되어 있으며, 왼편 도입부의 현실 세계와 나머지 꿈속 세계의 대조적인 분위기가 성공적으로 구현되어 있다.

각 경물들은 분리된 듯하면서 전체적으로 통일감이 있으며, 특히 좌반부의 정면 시각과 우반부의 부감법을 이용한 공간 처리, 평원과 고원의 대조, 사선 운동의 활용을 통해 자연의 웅장함과 선경仙境의 환상을 절묘하게 나타냈다. 운두준법雲頭皴法,

세형침수, 조광효과照光效果의 표현 등에서 북송대 이래의 곽희파郭熙派 화풍의 영향을 보이고 있지만, 이를 토대로 발전시킨 안견의 독창성이 잘 집약되어 있으며, 이러한 성향은 후대의 산수화 발전에 큰 영향을 미쳤다. 현재 일본 덴리대학[天理大學] 중앙도서관에 소장되어 있다.

사랑은 잡을 수 없는 안개 같아서// 몽유夢遊…… 나는 다시 잠도 오지 않는데/ 도원桃源…… 그대는 어디 꽃같이 숨었네// 바람이 불고 꽃이 지는데/ 오지 않는 그대는 어디에서 저무는 노을/ 나는 돌아오지 않는 새를 기다리는 낡은 둥지/ 흩어진 꽃잎 같은 약속을 다시금 주워모아/ 이제 빈 하늘 새 떼로 날려 보내네/ 기다림은 바람이라 속없이 차는 풍선 같아서/ 한 움큼 벼갯 속을 채워도 다시 오지 않는 봄꿈처럼// 몽유…… 나는 마냥 꿈속같이 떠도는데/ 도원…… 그대는 어디 그림자 같이 숨었네// 꿈속에서도 또 꿈을 꿀 수 있을까/ 나는 꽃잎같이 꿈속을 떠돌고/ 저기 떠도는 것들도 영혼이 있어/ 때로는 아프고 때로는 눈물겨웁네// 몽유…… 떠도는 것은 꿈속 같아 꿈을 잃어버리고/ 도원…… 피는 봄날은 꽃 같아 꽃을 잃어버리네// 그리움에 다시 바람이 불고 봄꿈들만 흩어지네.

－「몽유도원도夢遊桃源圖」

우리는 잡을 수 없는 봄꿈 같은 것을 몽유도원도에 비유하곤 한다. 닿을 수 없는 꿈. 우리들은 얼마나 많은 꿈들을 날려 버렸나. 아직 채 봄꿈이 끝나지도 않았는데 바람은 낙엽을 날리고 하늘은 찬기운을 내려 보낸다. 꿈이란 항용 바람 같아서 빈 풍선같이 가슴을 빵빵하게 채우다가 어느새 소리도 없이 술술 새어나가 빈 가슴만 쭈글쭈글하다.

벌써 가을이 깊었다. 찬바람 속엔 겨울의 기운이 완연하다. 아, 올 한 해도 이렇게 지나나 보다. 다시금 봄꿈을 또 꾸어야 하나? 나의 꿈은 언제 어디서 그 형체를 드러내게 될까? 시인 영랑은 "모란이 지고 말면 그뿐/ 내 한 해는 다 가고 말아"라고 노래했지만 꿈 같은 날은 빨리도 지나간다. 꿈은 언제나 꿈일 뿐 그 지나간 자리엔 찬바람만 냉랭하다. 가을이 깊으니 오히려 봄꿈의 기억이 되살아난다.

가 닿아야 할 나의 도원이여! 그대는 어디 꽃같이 숨었느냐?

뿔 달린 낙타를 타고

사는 일은 늘 팍팍하다. 사막같이 목이 마르고 숨이 차다. 사막을 걷는 일은 오아시스를 선으로 연결시키는 일과 같다. 점점이 박혀 있는 사막의 꽃 오아시스. 우리는 늘 이 오아시스를 찾아 사막의 모래밭을 걷고 또 걷는다. 그래서 우리의 삶은 선線으로 연결된 것이 아니라 점으로 연결되어 있다. 이 오아시스와 저 오아시스의 점들이 우리의 삶이다.

나를 태우고 가는 이 낙타는 뿔을 달고 있다. 가만히 순종하며 나를 태우고 가는 것이 아니다. 나의 마음과 다르게 제 걸음으로 제 뜻으로 뚜벅뚜벅 걸어간다. 나는 간혹 이리로 가야 한다고 고함치지만 소용없는 일이다. 제가 가고 싶은 길로 가고, 제가 가고 싶은 걸음으로 갈 뿐이다.

내가 간혹 이 답답함을 이기지 못해 발길질을 하거나 채찍을 들면, 이놈은 뿔을 들어 들이박기도 하고 나를 버리고 혼자 저 멀리 달아나 한참을 찾아야 할 때도 있다. 뿔 달린 낙타를 타는 일은 곤혹스럽다.

아무리 어두운 밤이라도 우리에겐/ 밝은 손가락으로 길을 가리키는 별이 있지/ 아무리 막막한 사막의 모래등에 갇혔어도/ 동쪽과 서쪽 남쪽과 북쪽/ 길을 알려주는 별이 있지// 세상은 늘 사막같이 목이 마르고/ 세상은 늘 사막의 밤같이 막막하지// 그러나 우리에겐 저 별이 있고/ 우리들의 가슴에도 늘 별이 빛나고 있지/ 세상이 더 막막하고/ 세상이 더 목마를 때/ 저 별은 더욱 빛을 발하지// 사람 사는 마을에 따스한 정이/ 저 막막한 일상을 건너게 하듯/ 하늘에 빛나는 별 하나가/ 저 막막한 사막을 건너게 하지// 한 우물의 오아시스가 사막을 빛내듯/ 저 별 하나가 캄캄한 하늘을 밝히지// 사막의 바람이 발자국마저 지우고/ 사막의 밤이 그림자마저 지울 때에도/ 우리의 머리 위엔 별이 빛나고/ 우리는 별의 손가락 끝을 따라 길을 가지// 그 길이 끝날 때까지 별은 빛나지.

- 「낙타는 별을 보고 걷는다」

낙타는 점성가이다. 낙타는 별을 보고 걷는다. 나는 점성술을 알지 못한다. 나에게 별은 꿈이요, 정서情緖의 대상일 뿐이다. 내가 밤하늘의 별을 바라보는 것은 회상에 잠기거나 추억할 때이다. 나는 별점을 치거나 천기를 읽지 못한다. 그러나 낙타는 점성술사이다.

낙타는 땅을 걷지만 늘 하늘을 본다. 우리가 산과 강, 마을과 숲을 볼 때 낙타는 별과 별자리를 본다. 그래서 나의 길은 내가 점찍은 오아시스에 닿기까지 나의 의지대로 걷는 것이 아니라 낙타의 의지대로 걷는다. 나는 다만 낙타가 길을 잃지 않기를 기도할 뿐이다.

우리가 타고 가는 이 낙타가 뿔 달린 낙타라는 것을 눈치채는 데는 얼마간의 고통이 필요하다. 이 고통의 시간을 거쳐야만 우리가 타고 가는 낙타가 뿔 달린 낙타라는 것을 알 수 있다. 어떤 이는 평생 자신이 탄 낙타의 뿔을 보지 못하는 사람도 있다. 나도 내가 탄 낙타의 뿔을 오랜 시간이 지난 뒤에야 알았다.

이제는 이 뿔 달린 낙타를 타는 일에도 익숙해졌다. 그래, 가자, 저기 저 오아시스로. 오늘 닿지 못하면 내일 닿겠지. 오늘도 나는 사막의 모래를 한 줌 쥐었다 흩뿌려 본다.

석공과 목수와 시인

　나는 시 쓰는 일을 석공에 비유하곤 한다. 석공이 부처님의 형상을 새기기 위해서는 먼저 마땅한 바위를 찾아야 했다. 석공은 자신이 골라온 돌을 온 마음을 다해 유심히 살펴보며 그 돌 속에 갇힌 부처님의 형상을 본다고 했다. 석공은 자신의 마음에 비친 부처님의 모습을 가리고 있는 돌조각을 걷어 내어 부처님의 형상을 세상에 드러나게 한다는 이야기이다. 충분히 공감이 가는 이야기이다.

　나는 시 쓰는 일을 여기에 비유하곤 한다. 모든 언어는 그 속에 이미 사연과 이야기를 품고 있다. 그런데 그 사연과 이야기가 우리 귀에 잘 들리지 않는 것은 현실의 때가 너무 많이 덧붙여진 까닭이다. 그 사연과 이야기를 둘러싸고 있는 잡다한 때를 벗겨 내면 그 언어가 가지고 있는 본래의 이야기와 노래가 흘러넘쳐 저절로 시가 되는 것이다. 그래서 시는 원형적이다. 시를 쓴다는 작업은 언어를 얽어매는 일이 아니라 언어 속에 담겨 있는 원형을 찾아 내어 그것을 감싸고 있는 때를 벗겨 내는 일이다.

　나는 많은 석공들이 부처님을 형상할 때 충분한 시간을 갖고 부처님의 형상을 드러낼 바위를 찾아다닌다는 이야기를 들었다. 석공이 자신의 기술과 자신의 생각만으로 부처님의 형상을 새기는 것이 아니라 부처님의 형상을 발견했을 때 비로소 정과 망치를 들고 부처님의 형상을 감싸고 있는 돌 부스러기를 걷어내기 시작한다는 것이다. 어쩌면 돌을 쪼고 다듬고 하는 시간보다 돌 속에 갇힌 부처님을 발견해 내고 그 부처님과 이제 꺼내도 되겠습니까, 하고 대화하는 데 더 많은 공력을 들인다는 말이다. 아마 바위에 새겨진 부처님이나 나무에 새겨진 부처님이 바위나 나뭇등걸과는 다른 신비로움을 갖는 것은 이러한 연유에서이리라.

　　나는 고장난 뻐꾸기시계가 울듯/ 나는 그냥 흥얼거리는데/ 새벽이 왔다. 그렇게 사람들은 말한다./ 나는 새벽을 보지 못하는데// 저기 저 소리를 보라 한다./ 관음觀音, 내 귀에는 눈동자가 없어// 내게는 소리가 보이지 않는데// 사람들은 다시 안개를 말한다./ 내가 가리키는 것은 안개가 아니야/ 말하지 못한 손가락이 움츠려들며// 나는 겁이 난다.
　　　　　　　　　　　　　　　　　　　　　　－「눈먼 새」

　나는 시쓰기도 이와 같다고 본다. 내가 생각한 말과 오래 대화를 하여 그 속에 담긴 사연과 이야기를 충분히 들은 후 이제 그 이야기를 세상에 내놓아도 되겠습니까, 하고 물은 후에 그 언어를 감싸고 있는 때를 천천히 벗겨 내는 것이라 생각한다. 그러면 내 생각과 내 의지에 의해 이리저리 언어를 얽어매는 마음과는 또 다른 시를 만나리라. 이러한 시에서는 사무사思無邪가 느껴지고, 이러한 시라야 새로운 노래로서 생명을 갖는 것이 아닌가 생각한다.

모든 일은 그 본질을 투시하는 것이 무엇보다 중요하다. 무릇 그것이 형상이 있는 것이든 형상이 없는 것이든 그 본질을 투시한 것은 그렇지 못한 것과 차이를 보이는 법이다. 우리는 지나가는 말 한 마디 속에 가시를 느끼기도 하고 봄바람 같은 따스함을 느끼기도 한다. 그것은 그 발화자의 내면이 그 말 속에 담겼기 때문이다.

시를 쓴다는 것은 사물의 본질과 대화하는 일이다. 단순히 그 형상을 묘사하거나 진술하는 것이 아니다. 모든 말에는 그 속에 슬프거나 아름답거나 따스하거나 차갑거나 행복한 이야기와 사연을 가지고 있다. 시인은 무릇 이 본질을 읽어 내는 자이다.

구양수는 좋은 글을 쓰는 법으로 삼다설三多說을 이야기하고 있다. 삼다설은 다독多讀과 다작多作과 다상량多商量이다. 이때 다독과 다작은 행동화라면 다상량은 그 본질과 대화하는 내면화이다. 나는 내면화, 이것이 가장 중요하다고 생각한다. 목수도 나무에 못을 박기 전에 먼저 그 나무를 손으로 어루만진다고 하지 않는가? 마음의 교감交感이다. 시인도 무릇 시를 쓰기 전에 먼저 마음을 쓰다듬어 볼 일이다.

소쩍새 소리

　토요일이었다. 아내와 늦은 조반을 끝내고 집 가까운 고운봉
孤雲峰에 올랐다. 나는 이 산길을 걷는 재미를 오래 전부터 즐기
고 있다. 그렇게 높지도 않고 험하지도 않으나 정상에 서면 마
산이 한눈에 환이 내려다보이는 풍광이 일품이어서 나는 시간
이 날 때면 자주 이 산을 찾는다.

　오늘도 나는 약수터에나 다녀오자는 아내를 꼬드겨 고운봉에
올랐다. 고운봉은 다른 이름으로 애기봉이라 한다. 맞은 편 학
봉鶴峰에 비하여 높이도 낮거니와 험한 바위가 없고 순편하여
불린 이름 같다.

　나는 이 길을 서학사 가는 길이라 명명하고 자주 이 산길을
올랐다. 따라 오르는 아내도 이제 몇 번 함께 올랐다고 처음 오
를 때보다 숨도 덜 차다고 말한다. 내려오는 길에 서학사에 들
러 부처님을 참배하고 약수를 한 잔 들이킨다. 길가 빼곡히 들
어찬 돌탑들도 산길의 풍광을 더욱 고즈넉하게 만든다.

　하산을 하고 돌아오다 국수집에 들러 점심을 먹었다. 나는 국

수를 좋아하는 편이다. 그래서 맛집으로 소문난 국수집은 찾아
다니며 먹는다. 나는 오늘 새로운 맛집 하나를 개발하는 심정
으로 메밀국수를 시켰다. 메밀을 생각하며 나는 서러움에 대하
여 말하였다.

이제 돌아갈 수 없네 울울창창/ 물기에 젖은 이끼들도 햇살
을 받으면/ 지지배배 하늘 높이 종달새가 되던 곳/ 떡갈나무
잎사귀들도 이슬을 걷으며/ 삼베적삼 스치는 소리를 낼 수 있
던 곳/ 이제 돌아갈 수 없네 그 그루터기/ 그늘이 너무 짙어 싫
었던 뻐 뻐꾹새 울음소리와 상념의 개미 떼들이 좁쌀로 기어다
니던 곳/ 매미가 울고, 노을이 들고, 연기가 오르면/ 서너 살
아이들도 할아버지가 되던 곳/ 철쭉, 송화가루, 서늘한 안개가
합죽선을 펴던 곳/ 청청청靑靑靑 이슬방울에도 전설이 자라고/
발길에 차이는 돌멩이 하나에도 이야기가 있던 곳/ 이제 돌아
갈 수 없네 그 숲.// 꽝꽝꽝/ 이제/ 숲은 없네.

– 「돌아갈 수 없는 숲」

나는 갑자기 진전면 부재산방 아래 살고 있는 후배가 그리워
졌다. 후배에게 전화를 했다. 후배는 집에 있으니 오시면 좋겠
다고 말했다. 나는 아내를 졸라 가자고 했다.

간단한 다과를 준비하고 찾아간 후배의 집에서 우리는 차를
마셨다. 차를 마시다 후배는 대금을 불고 기타를 쳤다. 대금 소
리는 왠지 서러움을 느끼게 한다. 만감이 교차하는 목메인 소
리가 대금 소리이다. 나는 대금 소리에 한참을 젖어 있었다.

이때 대금 연주를 마치고 문을 열던 후배가 소쩍새 소리를 들어 보라고 했다. 소쩍새 소리였다. 내가 고향을 떠나온 후로 참 오랜만에 듣는 소쩍새 소리였다. 후배는 자주 소쩍새 소리를 듣는다고 했다. 소쩍새는 서러운 새이다.

가만히 듣고 있으면 온갖 상념들이 봄풀 솟듯 돋아난다. 여름 툇마루에 앉아 듣는 소쩍새 소리는 시집살이를 힘들어하는 딸의 하소연같이 목이 잠겨 있다. 무슨 소린지 다 듣지 않아도 이미 그 정경이 그려지는 눅눅함이 묻어 있다.

나는 후배 부부와 차를 마시며 고향의 집을 머릿속에 그려보았다. 나도 이제 몇 년 후면 고향집으로 돌아갈 것이다. 툇마루에 앉아 차를 마시며 소쩍새 소리를 들을 것이다. 갑자기 고향이 그리워졌다.

여백

그림을 이루는 가장 중요한 부분은 여백이다. 비워져 있는 부분이 채워져 있는 공간을 완성시키고 채색된 부분을 돋보이게 한다. 삶도 마찬가지이다. 빡빡하게 채워진 일과보다 비워져 있는 시간이 삶을 더 풍요롭게 만든다. 점심 식사 후 차 한잔의 시간이나 옆사람과의 사소한 대화가 그 예이다. 이런 소소한 것들이 오히려 하루를 더 푸근하게 하고 따뜻하게 한다.

일찍이 선비들의 방에는 물 속을 노닐고 있는 물고기 그림들이 걸려 있었는데 이를 삼여도三餘圖라 한다. 중국에서 고기 '어魚'와 '여餘'의 독음이 서로 같기 때문에 물고기를 '여餘'로 표현한 것이다.

중국의 제백석이 물고기 세 마리가 유유히 헤엄치는 모습을 그린 그림이 그리 멋있지도 않은데 왜 그리 유명하냐고 스승님께서 묻자 삼여의 뜻을 표현한 그림이라 그렇다 하셨다. 어떤 사람이 동우에게 배움을 청하자 책을 백 번만 읽으면 뜻이 저절로 통한다고 한다. 그 사람이 매일 쪼들리고 바쁘지 않은 날이 없어서 책 읽을 시간이 없다고 한다. 동우가 말하기를, 학문을 하는데 세 가지 여가三餘만 있으면 충분하다. 밤은 하루의 나머지 시간이고, 겨울은 일 년의 나머지이며, 흐리거나 비 오는 날은 맑게 갠 날의 나머지이니, 밤, 겨울, 비오는 날 세 가지 여가 시간 시간만 활용하더라도 학문하는데 충분하다고 말했다. 위지 왕숙전에 나오는 이야기이다. 삼여도는 학문하는 사람들에게 이러한 정신을 일깨우기 위한 것이다.

> 턱을 괴고/ 곰곰이 마음의 길을 따라 사유하나니/ 버린다고 다 아픈 것은 아니다/ 내 하나를 버릴 때는 아팠으나/ 내 둘을 버릴 때까진 아팠으나/ 이제 다 버리고 돌아앉으니/ 나는 이제 아프지 않다/ 내 이제 거친 생활의 가사까지 벗어던졌나니/ 마땅히 도 틔워 황홀히 성불成佛하겠다/ 턱을 괴고 삼생의 연을 순간처럼 잊으니/ 머리 위로는 밝은 음악이 백호같이 빛나고/ 내 아래로는 진리의 땀 꽃비같이 흐르겠다/ 내 이 찰나에 깨달았으니/ 내 이제 찰나에 잊겠다/턱을 괴고/ 몸 굽히니/ 순간이 고요히 반가사유.
>
> — 「반가사유상」

사람이 나이가 들면 눈은 침침해지고 귀는 어두워진다. 이는 조금만 보고 조금만 들으라는 신의 뜻이라는데, 사람들은 나이가 들수록 보고 싶은 것이 더 많아지고 듣고 싶은 것이 더 많아지니 문제이다. 그러니 시간이 없고 시간에 쪼들린다. 가장 중요한 것은 자신을 위해 하루쯤 몸도 마음도 비워 보는 일인데 그것도 못해 또 무엇으로 채우려고 하니 마음도 몸도 병이 든다.

　나도 아무 생각 없이 하루쯤 시간을 비워 먼산바라기를 하거나 낮잠을 자거나 약수터나 어슬렁거려 보자 해도 이것 하나도 마음먹은 대로 못한다. 이것은 이래서, 저것은 저래서, 이 일은 이렇게 중요하고, 저 일은 저렇게 중요하고, 내 몸 내 마음의 주인은 난데 이놈의 그림자가 나를 끌고 다닌다. 고작 목욕탕에 들어앉아 땀 흘리는 그 시간이나 나의 것일까?

　마음먹기도 어렵고, 마음먹은 대로 몸 옮기기도 어렵고. 이 무슨 쓸데없는 그림자의 분탕질이 이리 심할까?

원형圓形과 원형原型

1980년대 한 그림 전시회에서 「어떤 사건이 지나간 숲」이라는 작품을 본 적이 있다. 나무는 온통 베어지고 그루터기만 남은 숲을 그린 작품이었다. 잎과 가지와 줄기는 모두 사라지고 나이테를 드러 낸 그루터기만 남은 숲이었다. 나이테를 드러낸 그루터기들이 산모롱이를 돌아 언덕을 넘어가고 있었다. 나는 그 그림을 보고 「숲, 그 이후」라는 시詩를 썼다.

> 어떤 사건이 있었다
> 세상이 온통 어수선해졌다
> 찌그러지고 쭈그러진 기억들이
> 부서진 가재 도구처럼 뒹굴고 있었다
> 발자국들만 윙윙거리며 언덕을 넘어가고 있었다
> 그때 그 슬픈 사나이 예수처럼 눈물을 흘리며
> 산모롱이를 돌아가고 있었다
> 동그랗게 놀란 나이테들이 질겁하고 있었다

갈잎, 톱밥, 무너지는 산

어떤 사건이 지나갔다

다만 그뿐이었다.

−「숲, 그 이후」

그 질겁할 상황에서도 그림 속의 그루터기들은 나이테를 동그랗게 말고 웅크리고 있었다. 놀란 눈을 동그랗게 뜨고 있었다. 나이테는 나무의 기억이다. 나무가 살아오면서 받은 햇살과 바람과 비의 기억을 DNA처럼 기억하고 있다. 씨앗과 흙과 날씨와 온도의 기억들을 모두 간직하고 있다.

원형原型이란 문학과 사상 전반의 보편적인 개념이나 상황으로 여겨질 만큼 자주 되풀이하여 나타나는 근본적인 상징, 성격, 유형을 가리키는 문학 평론 용어이다. 문학 평론가들은 '집단 무의식 이론을 체계화한 심리학자 카를 융의 저서에서 이 용어를 차용했다. 융의 이론에 따르면, 인간의 다양한 경험은 어떤 식으로든 유전 암호가 되어 다음 세대로 전달된다. 논리 이전의 사고에 기원을 둔 이 원초적인 심상 유형과 상황은 독자와 저자에게 놀랄 만큼 비슷한 감정의 공감을 불러일으킨다.

동그란 나이테는 나무의 기억 원형이다. 이 원형은 나무의 기쁨과 슬픔, 행복과 불행의 모든 기억들을 간직하고 있다. 이는 사람살이의 기억에서도 마찬가지이다. 인간의 다양한 경험들은 유전 암호가 되어 기억되고 반복되어 나타난다. 시의 원형도 나무의 나이테와 같은 것이다. 나는 이러한 원형이 시로 나타난다고 본다.

자식이라는 게

젖을 떼면 다 되는 줄 알았다

새끼라는 게 제발로 걸어

집을 나가면 다 되는 줄 알았다

시도 때도 없이

— 아버지, 돈

그래서 돈만 부쳐 주면 다 되는 줄 알았다

그런데 글쎄

어느 날 훌쩍 아내가 집을 나서며

— 저기 미역국 끓여 놓았어요

— 나 아들에게 갔다 오겠어요

나는 괜히 눈물이 났다

이제는 내 아내까지 넘보다니

— 이노무 자슥.

—「진경산수眞景山水 2」

   진경산수는 조선시대 후기에 화원畵員 사회에서 일어난 새로운 화풍이다. 남종南宗, 문인화의 화법 같은 외래적인 영향에서 이탈하여 명실상부한 한국의 회화를 지향한 첫 예로서 중요하게 여겨진다.

   진경산수는 종래 화가들의 화첩에 의한 상상적인 산수도를 벗어나 한국 땅의 풍치의 사생寫生에서 나온 산수 화법을 의미

한다. 어떤 특정한 실경實景을 그리는 것은 아니지만 전통적인 구도에 구애됨이 없이 눈앞에 전개되는 무한대의 자연을 자기 마음에 드는 대로 그 한 단면을 잘라 화면에 옮기는 방법이다.

이른바 진경을 사생하는 방법을 시도한 대표적인 화가는 정선이다. 그는 직접 각지를 여행하며 그림의 소재를 채취하였는데, 특히 금강산의 두드러진 산골에 매혹돼 수직의 준을 창시하였다. 중국화에서 볼 수 없는 한국적인 송림도 자기 나름대로의 필치로 대담하게 표현하였다. 안견은 관념의 공간 몽유도원을 실감나게 그렸고, 정선은 금강산의 실경을 그렸으며, 김홍도는 조선의 풍속을 그렸고, 신윤복은 조선 사람들의 마음을 그렸다.

할머니 오랜만에 닭 한 마리 잡는데 무슨 큰 황소나 한 마리 잡듯 분주한데 늦잠에서 갓 깬 나는 무슨 일인지 모르고 겁먹은 황소 눈알같이 두리번거리는데 키가 작은 할머니는 종종걸음으로 부엌으로 우물로 봄날 병아리같이 바빠 힐끗 잠시 나를 본 듯 애야 모산할배 오시래라 광산할배 오시래라 모산할매도 오시래라 합산아지매도 오시래라 온 동네 노인들을 부르시는데 나도 동생들도 멋모르고 신이 나서 모산할배요 아침 자시로 우리집에 오시래요 아침 이른 골목을 뛰어다니는데 그새 할머니는 씨암탉 한 마리로 서말찌 가마솥 가득 닭국을 끓여서 척척 오시는 분마다 한 그릇씩 대접하시는데 어르신들께선 그 국물만 멀건 닭국 한 그릇 후딱 해치우시곤 그 참 대접 잘 받았다고들 수인사를 하시며 곰방대 한 대씩 물고 나오시는데 온

동네 어르신 다 나눠 먹고도 그 닭국은 한 그릇이 남았었는데
할머니는 어디서 구했을까 그렇게 큰 닭 한 마리

　고향집의 감나무
　까치밥이 빨갛게 익어 갈 무렵이면
　지금도 내 머리 속엔 씨암탉 한 마리
　구구 구구 구구구 돌아다니는데
　이리 온 이리 온 종종걸음에
　아주 키가 작았던 할머니.

　　　　　　　　　　　　　　　　　－「씨암탉 한 마리」

　나는 사람살이의 원형을 그리고자 했다. 이것이야말로 진경이라고 생각했다. 이것이야말로 진경이 아니고 무엇이겠는가? 진경은 우리들의 삶의 모습이다. 조선 성리학에서는 자연을 도가 구현된 완전한 세계로 보고, 자연을 사랑하는 것은 도와 가까워지는 것이라 생각했다. 우리 사람살이의 모습도 자연의 하나이며 이것이야말로 진경이 아니겠는가?

청학재淸鶴齋 가는 길

과거는 우리가 가 닿아야 할 미래인지도 모른다. 내가 걸어온 이 먼 길이 휘어져 내 고향으로 돌아가는 길이었음을 나는 지금 어렴풋이 느낀다. 누군가 우리가 알아야 할 것은 이미 일곱 살에 다 배웠다고 말한 적이 있다. 지금 내가 꿈꾸고, 내가 가고자 하는 길이 이미 내가 일곱 살적에 보고, 듣고, 익혔던 것들이다. 생각해 보면 내가 숨가쁘게 달려온 길이 사십 년 전의 그 세계에 대한 동경이 아니고 무엇인가?

창녕 향교 앞 하마비下馬碑 앞에 서면 나의 마음은 벌써 뛰기 시작하고 고향의 품에 안긴 듯 가슴이 푸근해지곤 한다. 이 향교고개만 넘으면 고향이다. 이 향교고개는 고향 마을로 가는 입구이다. 내 선배들은 이 고개를 넘어 도회지로 나갔고 내 어머니와 숙모님들은 이 고개를 넘어 청학재로 들어왔다. 이 고개는 청학재의 출구와 입구인 셈이다.

누군가 온다고 하면 이 고갯마루를 바라보며 한나절을 기다렸고, 누군가 떠나간다면 이 고개까지가 배웅의 거리였다. 이 향교고개 마루에 서 있는 오래된 모과나무는 만남과 이별의 장면을 모두 지켜본 증인이며, 오랜만에 고향으로 돌아오는 귀향객에게는 고향을 떠올리는 추억의 기둥이다. 나는 어린 시절부터 이 고개를 넘나들었다. 시장 나들이를 가거나 외갓집을 가거나 모두 이 고개를 넘어야만 갈 수 있었다.

그래서 이 고개는 내가 넘어야 할 산이었고 극복해야 할 어떤 벽이었다. 내게는 저 벽 너머의 세계는 아름답고 화려한 동경의 세계였으며, 이 고개 안의 세계는 내가 기필코 탈출해야 할 감옥 같은 곳이었다. 똑같은 일상과 매일 만나는 그 사람들이 늘 같은 일을 하고 같은 인사를 나누는 청학재는 조용히 삭아가는 농기구 같은 처연함 그것이었다.

그런 고향의 마을이 다시금 내 마음에 큰 자리를 잡기 시작한 것은 불혹不惑을 넘기면서이다. 그때부터 나는 내가 넘어온 이 고개를 다시 넘어 고향으로 돌아갈 날을 기다리는 가장 그리운 그곳이 되었다. 인생은 뫼비우스의 띠처럼 안이 밖이 되고, 밖이 다시 안이 되는 그런 길임을 나는 지금 느끼고 있다. 내가 처음 출발한 그곳으로부터 가장 멀리 달려왔다고 생각한 그 순간, 나는 이미 처음 출발한 그곳으로 가장 가까이 와 있었다.

나는 올해로 신춘문예를 통과한 지 스무 해쯤 된다. 참 많이도 걸어왔다 생각한 순간 나는 청학재 시편을 쓰기 시작했다. 내가 그렇게 멀리 달려와 이제는 더 이상 보이지도 않겠지 하고 고개를 돌려보니, 나는 빙빙 에둘러 이제 고향의 어귀에 들어서 있었다. 내 고향은 경상남도 창녕군 고암면 억만리 청학재이다. 그곳에는 지금도 칠순의 부모님이 고향을 지키고 계신다. 나는 요즘 들어 그곳에서 내가 살면서 듣고 보고 배웠던 세계들을 곧잘 시로 표현한다.

청학재라는 재실齋室을 마을 한가운데 두고, 양달과 음달이 청학산의 이쪽과 저쪽을 나누어 한 우물을 먹으며 한 마을이 꼭 한 집안 같던 곳. 재실을 빙둘러 산으로 오르면 내게는, 그러니까 종증조 되시는 할아버지의 산소가 있다. 그 정상에 서면 온 마을이 종달새집에 든 종달새 알 같던 마을. 멀리 화왕산火旺山의 줄기를 타고 내려와 맑고 깨끗한 학鶴 한 마리가 날개를 쫙 펼치는 형상의 마을 뒷산은 우리들의 놀이터였으며, 우리또래들의 꿈과 다짐이 서린 곳이었다. 우리들의 산책로였으며 우리들의 운동장이었다.

향교고개를 넘으면 들어가는 입구는 호리병처럼 좁지만 안으로 들어가면 너른 평야가 기름지게 펼쳐져 있는 전형적인 이상향의 모습을 하고 있다. 모든 이상향의 모습은 모두 들어가는 입구는 좁고 그 안으로 들어가면 한없이 너른 평야가 펼쳐져 풍요로움을 보여 주는 세계이다. 임꺽정이 자신의 이상을 펼치기 위해 자리잡았던 청석골의 모습도 이러하고 지리산의 청학동의 모습도 이러하다. 이러한 모습은 사람들의 원초적 고향인 어머니의 자궁子宮 모습에서 연유한 것이 아닌가 한다. 외부의 침입은 쉽게 막을 수 있으며 그 안에서는 자급자족이 가능한 세계의 구현은 모든 사람의 꿈일 터이다. 청학재는 바로 이러한 이상향의 근원적 모습을 하고 있다.

청학재는 한국전쟁의 그 가혹한 3년을 지내면서도 초가집 하나 불타지 않고 남았다는 곳이다. 건넛마을이 쑥대밭이 되고 주

춧돌만 남았다는 전쟁통에도 청학재만은 학의 둥지에 든 알처럼 안온하게 피란避亂을 했다는 곳이다.

나는 나이가 들면서 점점 더 이 안온함을 사랑하게 되었다. 도시에서 상처받고 다친 마음을 추스르는 데는 고향 마을만한 곳이 없다. 몹시 지치고 상처를 입어 손가락 하나 움직일 수 없을 때, 이곳에 와서 한 사흘쯤 따뜻한 구들장에 몸을 누이면 가뭄 끝에 단비를 맞은 푸새처럼 마음과 몸이 서서히 되살아나는 것이다.

삶은 하나의 원형이다. 봄, 여름, 가을, 겨울이 끊임없이 순환하듯이 우리의 삶도 끊임없이 순환하는 것이 틀림없다. 가장 뜨거운 여름에 이미 겨울의 차가움이 자라고 있듯, 뫼비우스의 띠처럼 내가 안에서 뛰쳐나와 가장 멀리 떠나왔다고 생각한 순간 나는 이미 안으로 접어들고 있는 것이다. 가을이 오면 나무들이 스스로 물관을 막고 나뭇잎을 노랗고 빨갛게 단풍을 들이듯 원형이정元亨利貞, 나는 지금 고향으로 돌아가고 있다. 무위이화無爲而化라. 나는 휘어드는 이 마음의 자연스러운 흐름을 사랑하기로 한다.

　　참 우리 동네는 재미나는 도깨비 이야기만큼이나 참 많은 신神들도 함께 살아서 사람 반 신명神冥 반 어울려 살았는데요 그래서 늘 밥 한 술만 떠도 고수레 고수레 하고 신명 대접을 하곤 했는데요 무슨무슨 날이다 하면 한 상 잘 차려서 터줏대감 조왕신 정랑신까지 골고루 찾곤 했는데요 그 중 내가 제일 좋아하던 날이 제미祭米를 하던 날이었는데요 쌀신명 대접한다고

흰 쌀밥에 칼치국에 나물 한 대접을 놓고 먼저 절을 두 번 하
고 손을 싹싹 빌면서 할머니께서 무어라 무어라 주문呪文을 외
면 나는 아무런 의미도 모르면서 분수처럼 마구 흥이 솟지 않
았겠어요 제사祭祀가 끝나면 쌀밥에 칼치국을 아주 소원처럼
먹을 욕심으로 나도 할머니 따라 싹싹 빌곤 하지 않았겠어요
그러고 며칠 지나지도 않아서 마음이나 속이 허한 날이면 봄도
여름도 없이 할매 우리 또 언제 제미祭米 하노 묻곤 하지 않았
겠어요 그러면 할머니는 그래 그래 좀 있다가 그러면 금방 참
시원한 칼치 국물이 목을 타고 시원히 내려가곤 하지 않았겠어
요 참 쌀밥 한 그릇에도 천지신명을 다 담았던 키가 작아 더
커 보였던 할머니// 지금도 내게는 봄바람처럼/ 할머니 신명
이 늘 불어와/ 아이구 우리 장손 하며 머릴 쓰다듬고/ 나는 깜
짝 깜짝 할머니 할머니 부르고.

—「제미祭米」

　내가 이 고향과 화해를 하고부터, 이 청학재를 사랑하게 되면
서부터 마음자리도 삶의 태도도 시도 변하기 시작했다. 그래서
이 청학재 가는 길은 나를 찾아가는 길이며 내 정체성을 찾아가
는 길이기도 하다. 언덕 위에 서 있는 나무처럼 나는 더 양지바
른 곳을 원하거나 더 물가에 가까이 있기를 욕심내지 않는 내가
되었다. 할아버지 산소를 지키고 있는 소나무처럼 굽은 나무로
담담히 서 있을 수 있게 되었다.
　나는 스무 살에 고향을 떠나 삼십 년 가까이 항구 도시에서
생활의 터전을 잡아 살고 있다. 그러면 내 시에서는 바다 냄새

가 잔잔히 나고 항구의 정서가 물씬 풍겨야 한다. 그러나 내 시 어느 곳에서도 바다 냄새는 나지 않는다. 오히려 나이가 들수록 더 갈치자반이 고린내를 풍기는 내륙의 농경 사회, 그 보리 수염 같은 깔끄러움이 더해지고 보릿대를 태우는 냄새가 훈훈하게 번진다. 생각하면 서럽고, 고개를 돌리면 가슴이 아리는 곳, 나는 지금 고향으로 돌아가고 있다. 생각하면 솔방울 하나에도 이야기가 있고, 돌멩이 하나에도 전설이 자라던 곳. 새벽 안개가 합죽선을 펼치고 저녁 연기가 풍경화를 그리던 곳. 나는 지금 고향으로 돌아가고 있다.

아직도 할아버지의 곰방대 냄새가 내 코를 간질이고 아버지의 헛기침이 나를 문득 깨우는 곳. 창녕 장날이면 집집마다 고등어 굽는 냄새로 온 마을이 한집안 같고, 여름이면 추어탕 그릇이 담을 넘어 건네지던 곳. 참 지켜야 할 것들이 많았던 것 같지만 지금 생각하면 아무런 금이 없었던 곳. 아주 작은 이야기도 자라나는 아이들에게는 전설이 되고 신화가 되는 곳. 모시 적삼을 입은 어르신들이 한나절을 한 얘기 또 하고, 어제 들은 얘기를 또 해도 이제 처음 듣는 얘기마냥 귀를 기울일 수 있는 곳.

시란 마음이 흘러간 자취가 아니겠는가? 나는 내 마음이 가는 길을 지금 따라가고 있다. 내가 알아야 할 것도 그곳에 있으며, 내가 사랑해야 할 것도 그곳에 있다. 처음의 내가 그곳에 있고 맨 나중의 내가 그곳에 있다. 내 할아버지가 그곳에 있었고 내 아들 딸들이 그곳에 있을 것이다. 과거란 우리가 가 닿아야 할 먼 미래일 수도 있지 않은가? 욱고 굽어서 더 멀고 더 그리운 그곳. 나는 지금 청학재로 돌아가고 있다.

호피 방석

호랑이는 죽어서 가죽을 남기고 사람은 죽어서 이름을 남긴 다는 속담이 있다. 하필 사람이 죽어서 이름을 남긴다는 대구 로 호랑이 가죽을 사용했을까? 아마 호랑이 가죽은 그만큼 귀 하고 구하기 어려운 것이기 때문일 것이다. 그런데 이리 귀한 호피를 방석으로 사용한다는 것은 그 사람의 신분이 아주 귀하 게 되었다는 것을 의미할 것이다.

호랑이는 많은 민간 전승의 이야기와 미신의 대상이 되어 왔 고 우리나라와 중국, 인도차이나, 인도, 자바 등지에 분포한다. 호랑이는 고양이과의 동물로 몸길이 1.8~2m이며 몸무게 200~300㎏. 아시아 최대의 맹수이다. 몸의 배쪽은 갈색 내지 황갈색 바탕에 불규칙한 흑색과 황색 반점이 있으며 눈, 뺨 및 몸 아랫면에는 순백색의 뚜렷한 반점이 있고, 꼬리에 8개의 흑 색 운문輪文이 있다. 한 배에 2~6마리의 새끼를 낳고 사슴, 토끼 등을 잡아먹으며, 사람과 가축을 해치기도 한다. 아시아의 특종 으로 모피는 방한용, 장식용으로 쓰며 살과 뼈는 약용한다.

어쩌지, 연화당 아씨였던 우리 어머니 한평생 논 갈고 밭 갈아서 아들 삼형제 재실齋室 상기둥같이 키워 놓고도 호피虎皮 방석은커녕 개가죽 방석에도 앉을 여가 없이 동동동 아직도 바쁘기만 한데. 어쩌지, 연꽃 같던 어머니 얼굴에 벌써 호반무늬 새기셨네. 아아, 어쩌지, 어머니 한평생 어쩌면 아들 호피 방석에 한번 앉히려고 짚방석에도 제대로 못 앉으셨는데 이제 어머니 스스로 호피 방석이 되셨네. 아아 어쩌지, 어머니의 한恨이 문신文身같이 새겨져 나는 어쩌지. 너도 가슴에 원추리꽃 같은 거 하나 제대로 심어 놓았니? 묻는데 나는 어쩌지. 아직 입춘立春 파종播種도 못했는데 어쩌지. 어머니 벌써 호피 방석을 깔아 놓으셨는데 어쩌지// 아주 내 가까이에서/ 걸어서 길을 만들고/ 끝내 그 끝으로 걸어가 길이 된 사람/ 호랑이 가죽이 된 사람/ 어쩌지.

　　　　　　　　　　　　　　　　　　　　　　－「호랑이 가죽」

세상에 나와 있는 글 가운데 가장 많이 그 대상이 된 소재와 주제는 아마 어머니가 아닐까 한다. 어머니라는 말은 입술로 발음하거나 머릿속으로 생각만 해도 이미 눈가에 이슬이 맺히고 눈물이 핑 돈다.

아마 누구나 마찬가지이겠지만 나는 군軍 생활 중 어머니 은혜를 한 백 번쯤 불렀을 텐데 한 번도 끝까지 부른 기억이 없다. "나으실 제 괴로움" 하고 첫 구절을 부르고 나면 먼저 눈물이 얼굴을 적시고 목이 매여 노래가 되지 않았다.

고려 가요 「사모곡思母曲」에서도 "호미도 날이지만 낫같이 들리" 없다고 하지 않았는가? "아버지도 어버이지만 어머님같이 괴시리" 없다 하지 않았는가? 사랑이라고 말하면 제일 먼저 떠오르는 것이 바로 어머니의 사랑이다.

나의 어머니도 이제 팔순에 가까워지셨다. 아들 하나 제몫을 하는 사람으로 키워 보겠다고 밤낮으로 바득대다 이제 온 얼굴에 저승꽃이 피었다. 아들을 호피 방석에 앉히고 싶어 스스로 호피 방석이 된 사람. 어디선가 이런 글을 읽은 기억이 난다. 세상의 모든 사람들을 하느님께서 일일이 다 보살펴 주지 못하니 하느님을 대신하여 보내신 분이 어머니라는. 꼭 맞는 말이다.

.